KB092965

네 안에 살해된 어린 모차르트가 있다

네 안에 살해된 어린 모차르트가 있다

앙투안 드 생텍쥐페리 | 송아리 옮김

Terre des hommes (1939)
de
Antoine de Saint-Exupéry

나의 동료 앙리 기요메,
자네에게 이 책을 바치네.

대지는 그 어떤 책보다 우리에 관해 더 많은 것을 가르쳐 준다. 대지는 우리에게 대항하기 때문이다. 인간은 장애물에 맞설 때 자신을 발견한다. 하지만 거기까지 도달하기 위해선 도구가 필요하다. 대패가 필요할 수도 있고, 쟁기가 필요할 수도 있다. 농부는 농사를 지으면서 자연의 비밀을 조금씩 캐 간다. 그리고 그가 알게 된 비밀은 보편적 진리가 된다. 마찬가지로, 항로들의 도구인 비행기도 모든 오래된 문제들로 인간을 끌어들인다.

아르헨티나로 첫 야간 비행을 나갔던 때가 아직도 눈에 선하다. 드문드문 들판에 흩어진 불빛들만 마치 별처럼 빛나던 어두운 밤.

망망대해 같은 그 어둠 속에서 각각의 불빛은 의식이라는 기적을 알리고 있었다. 불을 피운 안식처에서 사람들은 책을 읽고, 사색에 잠기고, 속내 이야기를 나누고 있었다. 어쩌면 누구는 우주를 관측하고, 안드로메다 성운을 계산하느라 진을 다 뺐을지도 모르겠다. 사랑을 나누는 이들도 거기 있었을 것이다. 이따금 들판의 불빛들은 연료를 달라면서 반짝인다. 시인, 교사, 목수의 불빛처럼 가장 소박한 불빛들까지도. 하지만 살아 있는 이 별들 사이에는 닫힌 창문들이, 빛이 소멸한 별들이, 고이 잠든 인간들이 얼마나 많을 것인가…….

우리는 서로 만나기 위해 노력해야 한다. 들판에서 듬성듬성 빛나는 이 불빛들 중 몇몇과 소통하기 위해 부단히 노력해야 한다.

1장
항공로

1926년이었다. 나는 라테코에르사[1]에 신입 조종사로 입사했다. 라테코에르사는 이후 에어프랑스사가 된 아에로포스탈의 전신으로, 툴루즈−다카르 노선을 담당하던 회사였다. 거기서 나는 일을 배웠다. 다른 동료들과 마찬가지로 우편 수송기를 모는 영광을 얻기에 앞서 신입 조종사라면 치러야 하는 수습 과정을 밟았다. 여러 차례 테스트 비행을 했고, 툴루즈와 페르피냥을 오갔고, 얼음처럼 차디찬 격납고 구석에서 우울한 기상학 수업도 받았다. 우리는 아직은 잘 모르는 스페인의 산들에 대한 두려움과 선배들에 대한 존경심 속에서 하루하루를 보냈다.

우리는 선배들을 식당에서 만나곤 했다. 무뚝뚝한 그들은 살짝 쌀쌀맞은 어투로 우리들에게 무척 거만한 충고를 해 주곤 했다. 알리칸테나 카사블랑카에서 돌아온 선배 하나가 비에 홀딱 젖은 가죽점퍼를 입은 채 뒤늦게 합석했고, 신입들 중 하나가 머뭇대며 비행이 어땠는지 물어봤을 때, 우리는 그의 짧은 대답만으로도 온 갖 장애물과 덫, 갑자기 솟는 절벽, 삼나무들을 뿌리째 뽑아 버리 는 난기류가 가득한 가공의 세상 속 폭풍우가 몰아치는 날을 그릴 수 있었다. 검은 용들이 계곡의 입구를 지키고 있었으며, 번개 다 발들이 산꼭대기를 둘러싸고 있었다. 선배들은 이렇게 우리에게 완벽한 솜씨로 존경심을 심어 주었다. 간혹은, 영원한 존경만이 지당하다는 듯 돌아오지 못하는 선배도 있었다.

뷔리가 돌아오던 날이 생각난다. 훗날 그는 코르비에르 산악 지 대에서 사고로 죽었다. 노련한 조종사였던 그는 잔뜩 지쳐 어깨가 축 처진 채, 우리들 가운데 앉아 아무 말 없이 묵묵히 식사를 하 고 있었다. 노선의 처음부터 끝까지 하늘이 습하고, 마치 옛 범선 의 갑판을 이리저리 구르며 깨부수던 밧줄 끊어진 대포들처럼, 조 종사의 눈에는 모든 산들이 안개비 속에서 굴러다니는 것 같은 악 천후가 계속되던 날들의 저녁이었다. 나는 그를 바라보고 있었고, 침을 한 번 삼키고는 결국 그에게 비행이 힘들었는지 물어보고야 말았다. 그는 내 말을 듣지 못한 듯 이맛살을 찌푸린 채 고개를 숙 이고 계속해서 식사를 했다. 덮개가 없는 비행기에 탔을 때, 날씨 가 안 좋으면 우리는 조금이라도 더 잘 보려고 앞 유리창 밖으로 몸을 내밀었다. 그리고 나면 얼굴을 때리고 간 바람 때문에 한참 뒤에도 귓가가 윙윙거리곤 했다. 마침내 그가 고개를 들었다. 내 말을 들은 것 같았고, 내 질문을 기억하는 것 같았다. 갑작스레 그 가 환하게 웃었고, 나는 그 웃음에 놀랐다. 그가 웃는 일은 매우 드물었기 때문인데, 그 짧은 웃음이 그의 피로를 환하게 비춰 주고 있었다. 무사귀환에 대한 다른 어떠한 설명도 하지 않고, 그는 다시 고개를 숙이고 묵묵히 계속해서 입 안에 든 음식을 씹었다. 하지만 칙칙한 잿빛의 식당에서, 대수롭지 않은 하루의 피로를 푸는 말단 직원들 사이에서 그는 이상하리만치 고귀해 보였다. 그는 용을 물리친 천사가 자신의 투박한 겉모습을 뚫고 나오도록 내버려 두었던 것이다.

마침내 내 차례가 되어 소장 사무실에 불려 가는 저녁이 왔다. 소장은 내게 간단히 말했다.

"내일 출발하게."

나는 그 자리에 서서 그가 이만 가 보라고 말하기를 기다리고 있었다. 그런데 그는 잠시 침묵하더니 다시 물었다.

"규정은 잘 알고 있겠지?"

그 시절 비행기 엔진은 오늘날 엔진과 달리 전혀 안전하지 않았다. 접시 깨지듯 큰 소리를 내며 예고 없이 단숨에 엔진이 터지는 일이 종종 있었다. 그리고 대피소라고는 전혀 없는 바위투성이 지면으로 기수가 향한다. 우리는 말하곤 했다. "젠장! 여기서 엔진이 망가지면 비행기도 끝장인데!" 하지만 비행기는 다른 비행기로 교체된다. 여하튼 중요한 것은 그 바위에 경솔하게 접근하지 말라는 것이었다. 또, 산악 지대 위에 떠 있는 구름바다 상공을 비행하는 건 금지되어 있었다. 위반 시 엄격한 처벌을 받았다. 고장 난 비행기를 몰고 구름바다 속으로 들어갔다가는 앞이 보이지 않아 바위

산 꼭대기들과 충돌할 수 있기 때문이었다.

그래서 그날 저녁, 소장이 느린 목소리로 규정에 대해 한 번 더 강조했던 것이다.

"스페인에서 나침반을 따라 구름바다 상공을 비행하는 건 참 멋진 일이지. 그렇긴 한데……."

그러더니 더욱 더 천천히 말했다.

"그런데 말이야, 기억하게. 구름바다 밑은…… 저세상이라는 걸."

그러자 갑자기 모든 것이, 구름 위로 날아오를 때 보게 되는 그토록 잔잔하고 단순한, 그 평화로운 세계가 내게 어떤 알 수 없는 가치를 지니게 되었다. 그 폭신한 구름 떼는 함정으로 변했다. 나는 바로 거기, 내 발밑에 펼쳐진 거대한 하얀 함정을 상상해 보았다. 우리가 생각하는 것과 달리 그 아래는 사람들의 부산함, 소란, 활기찬 도시들의 행렬이 아니라, 훨씬 절대적인 침묵과 보다 결정적인 평화가 지배하고 있는 곳이었다. 그 하얀 끈끈이 같은 구름 떼가 내게는 현실과 비현실 그리고 이미 알고 있는 것과 알지 못하는 것의 경계가 되어 버렸다. 그리고 나는 이미 어떤 광경은 특정한 문화와 문명과 직업을 통하지 않고는 아무런 의미도 지니지 못한다는 걸 짐작하고 있었다. 산악 지대에 사는 사람들도 구름바다를 알고 있다. 하지만 그들은 거기 있는 보이지 않는 장막을 발견하지 못한다.

소장실에서 나왔을 때, 나는 어린아이처럼 뿌듯한 마음이 들었다. 새벽이 되면 나도 아프리카로 가는 승객들의 짐과 우편물을 책임지게 될 것이다. 또 굉장히 겸손한 마음도 들었다. 나는 준비가 덜 되었다고 느꼈다. 스페인에는 대피소가 많지 않은 데다, 만일 기체 이상이 발생했을 때 비상 착륙해야 할 곳을 찾지 못할까 두려웠다. 황폐한 지도 위로 몸을 기울여 보았지만 정작 내게 필요한 정보는 얻을 수 없었다. 나는 소심함과 뿌듯함이 뒤섞인 감정을 가득 안고, 전야를 함께 보내기 위해 동료 기요메의 집으로 갔다. 그는 나보다 비행 경험도 많았고, 스페인에 대한 단서를 얻는 요령을 잘 알고 있었다. 나는 그에게 배울 필요가 있었다.

집으로 들어가자 그가 웃으며 말했다.

"소식 들었네. 그래, 기쁜가?"

그는 찬장에서 포트와인과 잔 두 개를 들고 다시 내 쪽으로 왔다. 여전히 웃으면서 말했다.

"자, 축하주를 드세. 두고 봐, 잘될 거야."

램프에서 불빛이 나오듯 그에게서 자신감이 뿜어져 나왔다. 훗날 그는 우편 수송기로 안데스산맥과 남대서양을 횡단하는 기록을 갱신하게 된다. 몇 년 전 그날 저녁, 그는 셔츠 차림으로 불빛 아래서 팔짱을 낀 채, 가장 자비로운 미소를 지으며 간단히 말했다.

"폭풍우, 안개, 눈이 종종 자넬 괴롭힐 걸세. 그럴 때마다 자네보다 먼저 그걸 경험했던 모든 사람들을 떠올려 봐. 그리고 '다른 사람들도 해냈으니 나도 언제고 해낼 수 있어'라고 마음속으로 말하게나."

그래도 나는 가지고 온 지도를 펼쳤고, 나랑 함께 비행 노선을 좀 검토해 달라고 부탁했다. 그에게 어깨를 기댄 채 불빛 아래 고개를 숙이고 나는 마치 학생으로 돌아간 듯한 평온함을 느꼈다.

하지만 그날 받은 지도 수업은 정말 이상했다! 기요메는 스페인에 대해 가르쳐 주지 않았다. 대신 스페인을 친구로 만들어 주었다. 스페인의 하천과 호수에 대해서도, 인구에 대해서도, 스페인에서 볼 수 있는 가축에 대해서도 말해 주지 않았다. 과딕스에 대해서도 말하지 않았지만, 대신 그 근처에 들판을 따라 서 있는 오렌지나무 세 그루에 대해 말해 주었다.

"그 나무들을 조심하게. 지도에 표시해 두고."

그때부터 이 오렌지나무 세 그루는 시에라네바다산맥보다 더 중요한 자리를 차지하게 되었다. 로르카에 대해서도 말하지 않았지만, 그 근처에 있는 소박한 농장에 대해서는 말해 주었다. 활기 넘치는 농장과 쾌활한 농장 부부에 대해서도. 우리가 있는 곳에서 1,500킬로 떨어진, 이 세상과 동떨어진 곳에 사는 이 부부가 엄청나게 중요하다는 것도 말이다. 산자락에 살고 있는 그들은 등대지기들이 그러하듯 자신들의 별 아래서 인간들을 위험으로부터 구해 줄 준비가 되어 있었다.

그렇게 우리는 이 세상의 지리학자들은 모르는 세부 사항들을 그들의 무관심으로부터, 상상할 수 없는 먼 거리로부터 끌어냈다. 왜냐하면 지리학자들의 관심을 끄는 건 대도시에 물을 공급해 주는 에브르강뿐이었기 때문이다. 그들은 모트릴 서쪽 풀숲 아래 숨겨진 서른여 송이의 꽃에 물을 공급하는 원천인 그 개울에는 전혀 관심이 없었다. 기요메가 말했다.

"그 개울을 조심해. 착륙장을 못 쓰게 만들거든. 이것도 지도에 표시해 두게."

아! 뱀같이 구불구불한 모트릴의 개울을 어찌 잊으랴! 아무것도 아닌 듯 보였고, 가볍게 졸졸대면서 개구리 몇 마리를 홀리고 있을 뿐이었다. 하지만 그놈은 한쪽 눈만 감고 누워 있었다. 비상착륙장이라는 낙원 속 풀숲 아래 누운 채 2,000킬로미터 떨어진 그곳에서 호시탐탐 나를 노리고 있었다. 기회만 잡으면 나를 불기둥으로 만들어 버릴 것이다…….

나는 그 자리에서 꿋꿋이 기다리고 있었다. 산비탈 여기저기에 흩어져 언제라도 공격할 태세를 갖춘 서른 마리의 사나운 양들을.

"자네가 이 들판에 아무도 없다고 생각한 그 순간에, 쾅! 서른 마리의 양이 자넬 바퀴 밑으로 굴러 떨어뜨릴 거란 말일세."

하지만 나는 이토록 믿기 어려운 위협에도 감탄의 미소로 화답했다.

그렇게 불빛 아래서 지도 속 스페인은 점점 동화의 나라로 변해 갔다. 나는 대피소와 장애물들에 십자 표시를 해 두었다. 그 농장 주인, 그 서른 마리 양, 그 개울을 모두 표시했다. 지리학자들은 모르는, 그 양 치는 여인도 정확한 자리에 표시해 두었다.

기요메에게 작별 인사를 한 뒤, 나는 차디찬 겨울밤을 걷고 싶은 욕구를 느꼈다. 코트 깃을 여미고 낯선 행인들 사이에서 내 젊은 혈기를 산책시켰다. 가슴속에 비밀을 간직한 채 모르는 사람들과 어깨를 스치는 것이 자랑스럽게 여겨졌다. 이 무지한 사람들은 나를 모를 것이다. 하지만 내일 새벽이면 그들의 근심 걱정과 사랑 고백은 우편 행낭과 함께 내게 맡겨질 것이다. 바로 내 두 손이 그들의 희망을 맡을 것이다. 그렇게 나는 코트로 온몸을 포근하게 감싸고 그들 사이로 수호자의 걸음을 내딛었다. 하지만 정작 그들은 나의 배려에 대해 아무것도 몰랐다.

또한 그들은 내가 밤으로부터 받는 메시지들도 전혀 알지 못했다. 나의 살갗마저도 곧 몰아칠 게 분명한, 그래서 내 첫 비행을 복잡하게 만들지도 모르는 눈보라를 감지하고 있었다. 하나둘씩 별빛이 꺼지고 있었다. 지나가는 사람들이 그걸 어찌 알 수 있을까? 오직 나만이 그 비밀을 알고 있었다. 전투에 앞서 별들이 적들의 위치를 내게 알려 주고 있었다.

그토록 무겁게 내게 책임을 지우는 명령들의 전언을 받은 건 크리스마스 선물로 반짝이던 불빛이 환한 쇼윈도 근처에서였다. 밤의 쇼윈도에는 이 땅의 모든 재화가 진열되어 있는 것 같았다. 그 앞에서 나는 금욕이라는, 오만하기 짝이 없는 도취 상태를 맛보았다. 나는 목숨을 위협받고 있는 군인이었다. 저녁 파티에 쓰일 반짝이는 저 크리스탈 제품들과 저 전등갓들과 책들도 내겐 무용지물이었다. 나는 이미 이슬비에 온몸이 다 젖었고, 이미 야간 비행의 쓰디쓴 과육을 베어 물었다.

누군가 나를 깨웠을 때는 새벽 3시였다. 덧창을 힘껏 열어 비오는 풍경을 잠시 바라보다가 비장하게 옷을 입었다.

30분 뒤, 나는 작은 여행 트렁크 위에 앉아 비에 젖어 반짝이는 보도 위에서 합승버스를 기다리고 있었다. 내 이전에도 수많은 동료들이 가톨릭의 봉헌일과 같은 첫 비행 날엔 다소 먹먹한 가슴을 안고 똑같이 기다렸으리라. 마침내 길모퉁이에서 쇳소리를 내며 그 낡은 버스가 나타났다. 동료들이 그랬던 것과 마찬가지로 벤치 같이 긴 좌석에 잠이 덜 깬 세관 직원과 몇몇 공무원들 사이를 비집고 앉아야만 했다. 버스 안에서는 먼지투성이의 관공서나 인간의 삶을 정체시키는 오래된 사무실 같은 데서 나는 퀴퀴한 냄새와 곰팡내가 났다. 버스는 500미터마다 정차했고, 비서 한 명, 세관 직원 한 명 그리고 감독관 한 명을 차례로 태웠다. 이미 잠든 사람들은 간간이 코 고는 소리로 새로 올라탄 사람들을 환영했고, 새로 탄 사람들은 자리를 좁혀 앉았고 이내 잠이 들었다. 그것은 툴루즈의 울퉁불퉁한 포석 도로를 달리는 일종의 슬픈 짐수레 같았다. 그리고 무엇보다 공무원들 사이의 정기 항로 조종사는 그들과 별로 구분되지 않았다……. 줄지어 선 가로등이 연이어 지나갔고, 비행장까지 얼마 남지 않았다. 덜컹거리는 낡은 버스는 이제 한 인간을 진화시켜 내보낼 잿빛의 번데기에 지나지 않았다.

동료들은 이렇게 비슷한 아침을 겪으면서, 각자의 내면에서 여태껏 감독관의 퉁명스러운 태도에 굴복해 온 나약한 하급자로부터 스페인과 아프리카 우편물 담당자가 탄생하는 것을 느꼈다. 3시간 후면 그는 번개 속에서 오스피탈레의 용과 맞서 싸울 것이고, 4시간 후면 용을 물리쳐 내고 자유의 몸이 되어 바다로 우회

할지 아니면 폭풍우, 산, 대양과 담판을 지을 알코이산맥으로 직진할지, 전권을 가지고 스스로 결정할 것이다.

동료들은 이렇게, 툴루즈의 우울한 겨울 하늘 아래 이름 모를 무리에 뒤섞인 아침에, 각자 내면에서 어떤 지배자가 자라는 것을 느꼈다. 5시간 후면 그는 북쪽의 비와 눈을 뒤로 하고 겨울을 거부하면서 엔진 회전수를 줄일 것이고, 한여름 알리칸테의 눈부신 태양 속으로 하강을 시작할 것이다.

이제 그 낡은 버스는 없어졌지만, 그때의 엄숙한 분위기와 불편함은 내 기억 속에 생생하게 남아 있다. 그 버스는 우리의 직업이 누리는 가혹한 즐거움에 불가피하게 따라오는 준비 과정을 상징하고 있었다. 그 안에서는 모든 것이 놀라울 정도로 절제된다. 3년 뒤, 버스에 올라타고 채 열 마디도 오가지 않았을 때 레크리뱅이 죽었다는 사실을 알게 된 날도 그랬다. 그는 안개 낀 낮 혹은 밤에 영원히 퇴직한 정기 노선 조종사 백여 명 중 한 명이었다.

그때도 새벽 3시였고, 여느 때와 같이 정적이 감돌았다. 어둠 속에서 모습이 잘 보이지 않았던 소장이 감독관에게 소리 높여 말하는 소리가 들려왔다.

"레크리뱅이 지난밤 카사블랑카에 착륙하지 않았다네."

"네?"

감독관이 대답했다. 꿈에서 막 깨어난 감독관은 잠을 떨치려고 했고, 자기가 노력하고 있다는 걸 보여 주고자 덧붙였다.

"아, 그런가요? 통과하지 못했나요? 그럼 되돌아왔습니까?"

버스 안쪽에서 "아니." 하고 간단한 대답이 돌아왔다. 우리는 그다음 말을 기다렸지만 그는 아무 말이 없었다. 시간이 지남에 따라, 그의 '아니' 다음에 어떤 말도 나올 수 없다는 것과 그 '아니' 는 돌이킬 수 없다는 것이 갈수록 명백해졌다. 레크리뱅은 카사블 랑카에 착륙하지 못했을 뿐더러 더는 다른 어느 곳에도 착륙하지 못하기 때문이었다.

바로 그날 아침, 첫 비행 날 새벽, 나는 차례가 되어 이 직업의 신성한 의식을 치르게 되었고, 창밖으로 가로등 불빛에 반사되어 반짝이는, 자갈을 여러 겹으로 깐 마캐덤식 포장도로를 바라보면 서 자신감이 떨어지는 것을 느꼈다. 길가의 물웅덩이 위로 거대한 종려나무 잎 부채를 부친 듯 세찬 바람이 지나가는 걸 볼 수 있었 다. 그리고 나는 '첫 비행인데…… 정말 지지리도…… 운이 없군.' 이라고 생각했다. 고개를 들어 감독관을 보며 말했다.

"악천후입니까?"

감독관은 창밖으로 무딘 눈길을 주더니 툴툴대며 말했다.

"이것만 봐선 알 수 없죠."

나는 그럼 무엇으로 악천후를 알아볼 수 있는지 궁금했다. 전날 밤, 기요메는 단지 미소로 선배들이 우리를 괴롭히려고 들먹이던 모든 불길한 징조들을 지워 버렸다. 하지만 그것들이 내 머릿속에 다시 떠오르기 시작했다. '항로에 대해 조약돌 하나하나까지 제대 로 알지 못하는 사람이 눈 폭풍을 만난다면 난 그 사람을 동정할 거야. 암, 그렇고말고! 난 그를 동정할 거야!' 자신의 위엄을 세워 야 했던 선배들은 우리를 빤히 바라보며 고개를 끄덕이고는 했다.

마치 세상 물정 모르는 순진무구한 우리가 불쌍하다는 듯 다소 거북한 동정심을 내보이면서 말이다.

그런데 실제로 이 버스는 우리들 중 얼마나 많은 이들에게 마지막 피난처를 제공해 주었을까? 60명? 아니면 80명? 비 오는 아침, 과묵한 운전수가 모는 이 버스가 말이다. 나는 주위를 살폈다. 어둠 속에서 점점이 빛나는 불빛. 담뱃불들은 상념들 사이에 구두점을 찍고 있었다. 나이 든 월급쟁이들의 소박한 묵념. 이 동행자들은 우리들 중 얼마나 많은 이들에게 호상객이 되어 주었을까?

나는 무의식적으로 사람들이 작은 목소리로 나누는 속내 이야기들을 듣고 있었다. 질병과 돈 문제, 집안의 슬픈 걱정거리에 관한 것이었다. 그 이야기들은 그들이 스스로를 감금한 음울한 감옥의 벽을 드러내고 있었다. 그때 갑자기 운명의 얼굴이 내 앞에 나타났다.

여기 나이 많은 관료, 내 친구여. 결코 누구도 그대를 탈출시켜 주려 하지 않았고, 그대는 거기에 대해 일말의 책임도 없다. 흰개미들이 그러하듯 빛으로 향하는 모든 틈을 시멘트로 막음으로써 그대는 평화를 구축했다. 그대는 소시민의 안전망, 틀에 박힌 타성惰性, 시골 생활의 질식할 것 같은 의례들 속에서 동그랗게 몸을 말았고, 바람과 파도와 별들을 피해 보잘것없는 성벽을 쌓았다. 이제 그대는 거대한 문제들은 전혀 신경 쓰려 하지 않는다. 그대는 인간의 운명을 잊기 위해 충분한 고통을 겪었다. 그대는 떠돌이별의 주민이 결코 아니며, 대답 없는 질문은 절대 하지 않는다.

그대는 그저 툴루즈에 사는 한 명의 소시민일 뿐이다. 아직 희망이 있었을 때, 그 누구도 그대의 어깨를 잡아 주지 않았다. 이제, 그대를 빚은 점토는 말라서 굳어 버렸다. 더는 그 누구도 그대 안에서 잠이 든 음악가 혹은 시인, 한때 거기 살았을지 모르는 천문학자를 깨우는 방법을 알지 못한다.

나는 더 이상 비를 동반한 돌풍에 대해 투덜대지 않겠다. 내 직업이 지닌 마법이 한 세계로 가는 문을 열어 줄 것이다. 2시간 뒤면 나는 그곳에서 검은 용들과 푸른 번개의 머리칼을 정수리에 두른 산봉우리들과 맞서 싸울 것이고, 밤이 오면 자유의 몸이 되어 별들 속에서 나의 길을 읽어 낼 것이다.

우리 직업에 입문하는 세례식은 그런 식으로 진행되었고, 우리는 여행을 시작했다. 대개 그런 여행들에서는 특별한 문제가 발생하지 않았다. 우리는 전문 다이버처럼 우리 영역의 깊숙한 곳으로 조용히 내려갔다. 이제는 많은 탐사가 이루어진 곳이다. 조종사, 엔지니어, 무선기사는 더 이상 모험을 하려고 하지 않고, 실험실에만 틀어박혀 있다. 그들은 계기판 바늘의 움직임만 따르지 창밖으로 보이는 연속되는 풍경은 따르지 않는다. 창밖에는 산봉우리들이 어둠 속에 잠겨 있지만, 그것들은 더 이상 산이 아니다. 그저 접근 거리를 계산해야만 하는 보이지 않는 힘인 것이다. 램프 불빛 아래서 무선기사는 신중하게 수치를 적고, 엔지니어는 지도에 표시하고, 조종사는 산의 위치가 어긋났을 때 혹은 왼쪽으로 비스듬히 가로질러 넘어가고자 한 산꼭대기들이 전쟁을 준비하듯 조용하고 은밀하게 조종사 앞에 펼쳐졌을 때, 항로를 수정한다.

같은 시각, 지상에서 밤샘 근무를 하는 무선기사들도 동료가 불러 주는 문구를 그대로 노트에 받아 적는다.

'0시 40분. 230도 방향. 기내 이상 무.'

오늘날 승무원들은 이런 식으로 비행을 한다. 그들은 자신이 움직이고 있다고 전혀 느끼지 못한다. 그들은 밤바다 한복판처럼 모든 지표로부터 멀리 떨어져 있다. 하지만 엔진은 불이 밝혀진 조종실을 가벼운 진동으로 가득 채우며 그 방의 본질마저 바꾸어 놓는다. 그리고 시계 바늘은 돌아간다. 계기판에서, 무전기 램프에서, 보이지 않는 이 계기판 바늘들로부터 보이지 않는 연금술이 지속된다. 시시각각 이 비밀스런 행동들, 이 억누른 단어들, 이 조심스러움이 기적을 준비한다. 그리고 때가 되면, 조종사는 틀림없이 얼굴을 유리창에 대고 있을 것이다. 무無로부터 황금이 태어났고, 이는 기항지 불빛 속에서 빛나고 있다.

그렇지만 우리 모두는 알고 있다. 착륙을 2시간여 앞둔 시점에 갑자기 특정 각도에서 빛나는 불빛을 보고는, 가령 인도에 있더라도 이 정도는 아니었을, 그만큼 아득히 멀리 떨어져 있음을 느끼는 그런 비행들, 다시 돌아가기를 감히 바랄 수 없는 그런 비행들을.

메르모즈가 세계 최초로 수상 비행기를 몰고 남대서양을 횡단하여, 해질 무렵 포토누아르 지역에 접어들었을 때도 그랬다. 그의 눈앞에 하나의 벽이 세워지듯 여러 개의 토네이도 꼬리가 매순간 간격을 좁혀 오는 것이 보였다. 이어서 채비를 마친 밤이 자리를 잡자 이내 꼬리들은 모습을 감춰 버렸다. 한 시간 뒤, 그는 구름 밑으로 교묘히 빠져나갔고 환상적인 왕국에 이르렀다.

그곳엔 바다에서 솟구친 물기둥들이 빽빽이 서 있었고, 그것들은 마치 움직이지 않는 사원의 검은 기둥들처럼 보였다. 한껏 팽창된 기둥의 끝부분은 폭풍우의 어둡고 낮은 천장을 떠받치고 있었다. 하지만 둥근 천장의 찢긴 틈새로 빛줄기들이 쏟아졌고, 보름달이 기둥 사이로 바다의 차가운 타일들을 환히 빛내고 있었다. 그리고 메르모즈는 아무도 살지 않는 그 폐허를 가로질러 비행을 계속했다. 빛의 운하에서 또 다른 빛의 운하로 비스듬히 날아가, 으르렁대는 거대한 물기둥들을 교묘히 피해 가며 달빛을 따라 4시간을 비행한 끝에 사원의 출구로 나올 수 있었다. 그는 포토누아르에 이르고 나서야 그 광경이 너무 압도적이었기 때문에 자신이 겁을 먹지 않았다는 사실을 깨달았다.

한 가지 기억이 더 떠오른다. 현실 세계의 경계에 이른 순간들 중 하나가. 그날 밤은 사하라 사막 기항지들의 무선 방위 측정국에서 알려 온 위치가 줄곧 부정확했고, 무선통신기사인 네리와 나는 중대한 실수를 범했다. 안개 틈 속에서 물의 반짝임을 발견하고 나서야 나는 해안가 방향으로 황급히 진로를 변경했다. 대체 우리가 언제부터 먼바다를 향해 비행하고 있었는지 알 수 없었다.

해안가에 닿을 수 있을지조차 확신할 수 없었다. 연료가 모자랄 수도 있었다. 일단 해안이 보이기 시작하더라도 착륙할 수 있는 장소도 찾아야 했다. 하필 달이 지는 시간이었다. 방향 정보가 없어 이미 귀머거리 신세나 마찬가지였던 우리는 조금씩 눈도 멀어 가고 있었다. 불이 꺼져 가는 창백한 숯불 조각 같던 달은 마침내 그 위로 소복이 쌓인 눈과 같은 안개 속으로 완전히 사그라졌다. 머리 위 하늘도 구름으로 덮여 갔다. 그때부터 우리는 그 구름들과 안개 사이를, 빛과 어떤 실체라곤 없는 세상 속을 항해했다.

우리에게 응답하던 기항지들도 우리에 대한 정보를 제공하기를 포기했다.

"위치 측정 불가…… 위치 측정 불가……."

그들에겐 우리 목소리가 도처에서 들려왔기 때문에 그 어디에서도 들려오지 않는 것이나 마찬가지였던 것이다.

우리는 이미 절망에 빠져 있었다. 그때 갑자기 빛나는 점 하나가 좌측 전방 지평선 위로 모습을 보였다. 나는 격렬한 기쁨을 느꼈다. 네리는 내 쪽으로 몸을 기울이고는 노래를 불러 댔다! 저것은 기항지일 수밖에 없다. 저것은 기항지의 불빛일 수밖에 없다. 왜냐하면 사하라 사막은 밤이면 불빛이 전부 사라져 거대한 죽음의 땅이 되기 때문이다. 그런데 그 불빛은 잠시 반짝이다가 이내 꺼졌다. 우리는 지는 별 쪽으로 기수를 돌렸던 것이다. 지평선으로 완전히 져 버리기 전 안개층과 구름들 사이로 단 몇 분 동안만 볼 수 있었던 그 별을 향해.

그때 또 다른 불빛들이 떠오르는 것이 보였고, 우리는 실낱같은 희망을 안고 그 불빛 하나하나를 향해 기수를 돌리고 또 돌렸다. 그리고 불빛이 한동안 꺼지지 않으면 우리는 목숨을 건 시도를 했다.

"불빛이 보인다. 신호등을 세 번 점멸하기 바란다."

네리가 시스네로스 관제탑에 지시를 내렸다. 시스네로스에서는 신호등을 세 번 껐다 켰다. 하지만 우리가 지켜보던 그 냉혹한 불빛은 깜박이지 않았다. 우리 편으로 만들 수 없었던 그것은 그냥 별이었다.

연료가 점점 바닥나고 있었지만 우리는 매번 금빛 미끼에 걸려들었다. 그것은 우리에게 매번 진짜 관제탑의 불빛이었고, 매번 기항지와 삶이었다. 그러나 우리는 곧 다른 별을 찾아야 했다.

그때부터 우리는 도저히 가늠을 수 없는 수백 개의 별들 중, 단 하나뿐인 진정한 별, 우리 별, 친숙한 우리의 풍경과 정다운 우리의 집과 우리의 애정을 품고 있는 별을 찾다가 별과 별 사이의 공간에서 길을 잃은 듯했다.

혼자만 그런 걸 품고 있는 별……. 그것이 내게 나타났던 이미지에 대해 말한다면 아마 여러분은 유치하다고 생각할지 모르겠다. 하지만 위험한 상황에서도 인간의 근심 걱정들을 남아 있는 법이다. 나는 목이 말랐고 배가 고팠다. 시스네로스를 다시 찾아낸다면 우리는 연료를 가득 채우고 비행을 계속해서 상쾌한 새벽에 카사블랑카에 도착할 수 있으리라. 임무는 끝났다! 네리와 난 시내로 갈 것이다. 이른 아침부터 문을 연 작은 술집들을 찾아서……. 우리는 매우 안도하며 따뜻한 크루아상과 카페오레가 놓인 테이블에 앉아 간밤의 일을 웃어넘기리라. 우리는 생명이라는 아침 선물을 받게 될 것이다. 가령 시골 노파는 채색된 그림과 소박한 메달과 묵주를 통해서 신과 만난다. 그 누군가가 우리의 말을 알아듣게 하려면 쉬운 말로 해야 한다. 이처럼 내게 있어 삶의 기쁨이란 향기롭고 몹시 뜨거운 첫 한 모금 속에, 우유와 커피 그리고 밀의 혼합물 속에 압축되어 있었다. 그것을 통해 우리는 고요한 방목장, 이국적인 열대 농장, 수확물과 교감을 하고, 그리하여 대지 전체와 하나가 된다. 저 수많은 별들 중에, 우리의 새벽 식사를 위해 이 향기로운 잔을 우리 손이 닿는 곳에 놓아 주는 건 단 하나의 별밖에 없었다.

하지만 우리가 탄 비행기와 사람이 사는 대지 사이의 좁힐 수 없는 거리는 점점 벌어져만 갔다. 세상의 모든 부귀영화는 별자리들 사이에서 방황하는 먼지 알갱이 속에 있었다. 그리고 그 먼지 알갱이를 찾으려 애쓰는 점성가 네리는 별들에게 여전히 애원하는 중이었다.

갑자기 네리가 주먹으로 내 어깨를 툭 쳤다. 그가 건넨 종이에는 이렇게 쓰여 있었다.

'다 잘될 거야. 멋진 메시지를 받았거든…….'

나는 두근대는 심장으로 그가 우리의 목숨을 구해 줄 대여섯 마디를 다 옮겨 적을 때까지 기다렸다. 마침내 나는 신의 선물인 그 메시지를 받았다.

지난밤에 떠나온 카사블랑카로부터 온 것이었다. 발신이 지연된 바람에 그 메시지는 2,000킬로미터도 더 떨어진 바다에서 길을 잃고 구름과 안개 사이에 갇힌 우리에게 느닷없이 수신되었다. 발신인은 카사블랑카 공항에 있는 당국 담당자였다. 나는 그 메시지를 읽었다.

'생텍쥐페리 씨, 귀하는 카사블랑카를 출발할 때 지나치게 격납고 가까이에서 항로를 변경했기에 이에 대한 징계를 파리 당국에 요청했습니다.'

내가 격납고에 너무 바싹 붙어 방향을 전환한 건 사실이었다. 이 메시지의 발신자는 화가 났을 테고, 자기 할 일을 했을 뿐이다. 공항 사무실에서라면 겸허하게 이 질책을 견뎠을 것이다. 그러나 그 비난은 우리와 만나지 말아야 할 곳에서 만나고 말았다. 그건 드물게 나타나는 별들과 두터운 안개, 위협하는 바다와는 어울리지 않았다. 우리는 우리 자신의 운명, 우편물과 비행기의 운명을 손에 쥐고 있었고, 살아남기 위해 비행기를 조종하려고 고생하고 있는데, 메시지 발신자는 소심한 앙심을 우리에게 풀고 있었다. 하지만 네리와 나는 화가 나기는커녕 갑작스레 엄청난 희열을 느꼈다. 이곳에서는 우리가 주인이었고, 그는 그 사실을 우리에게 알려 주었으니까. 그나저나 그 하사는 소매를 보고도 우리가 대위로 진급한 걸 몰랐단 말인가? 그는 우리의 환영을 깨뜨렸다. 우리가 큰곰자리에서 사수자리로 엄중히 수백 걸음을 옮겼을 때, 우리에게 닥칠 유일한 위험이자 걱정거리는 달의 배신이었던 그때에…….

그 남자가 지금 자기 본색이나 드러내고 앉아 있는 그 별에 주어진 유일하고 시급한 의무는 별들 사이에서 우리가 제대로 계산할 수 있도록 정확한 수치를 제공해 주는 것이었다. 그런데 그 수치들은 틀렸다. 그 외의 것에 관해서는 별은 잠시 입을 다물고 있기만 하면 되었다. 네리가 내게 이런 쪽지를 썼다.

'그들이 바보 같은 짓은 집어치우고 우리를 어디로 좀 데려다주면 좋을 텐데…….'

그가 말하는 '그들'이란 각자의 국회와 지방 의회, 해군과 육군과 황제가 존재하는 지구의 모든 종족을 압축한 단어였다. 우리에게 볼일이 있다고 주장하는 그 정신 나간 자의 메시지를 다시 읽으며 우리는 수성^{水星}을 향해 기수를 돌렸다.

우리는 너무도 묘한 우연에 의해 목숨을 건졌다. 나는 시스네로스에 내릴 수 있을 거라는 희망을 접고 해안을 향해 수직으로 기수를 돌렸고, 연료가 바닥날 때까지 기수를 유지하겠다고 결심했다. 바다에 빠지지 않을 수 있는 약간의 가능성을 남겨 두기 위해서였다. 그럴듯하게 신호등으로 위장했던 불빛들이 우릴 어디에 끌어다 놓았는지 오직 신만이 알고 있었다. 하물며 운 좋게 우리를 속박한 짙은 안개로부터 벗어난다고 해도 깊은 밤에 덤벙 빠지게 될 상황에서 무사히 지면에 도달하기란 거의 불가능에 가까웠다. 하지만 내겐 선택의 여지가 없었다.

상황이 너무나 명확했으므로, 네리가 건넨 메시지에도 나는 서글프게 어깨만 으쓱할 뿐이었다. 한 시간만 일찍 받았어도 우리를 구했을 내용이었다.

'시스네로스가 우리를 인도하기로 결정. 시스네로스에 따르면 216도 방향. 확실치는 않음…….'

시스네로스는 더 이상 어둠 속에 숨어 있지 않았다. 우리 좌측에, 손에 닿을 듯이, 시스네로스는 그곳에 모습을 드러냈다. 네리와 나는 짧게 대화를 나눴다. 그래, 그런데 거기까지 거리는? 너무 늦었다는 데 우리는 동의했다. 이대로 시스네로스로 치달는다면 해안을 놓칠 위험성은 더 커지리라. 네리가 회신했다.

"1시간을 버틸 수 있는 연료밖에 남지 않았으니, 기수를 93도로 유지하겠다."

그러는 사이 기항지들이 하나둘씩 잠에서 깨어났다. 우리의 대화에 아가디르, 카사블랑카, 다카르의 무전이 섞였다. 각 도시의 무선기지국들은 공항에 비상경보를 발령했으며, 공항 책임자들은 이 사실을 동료들에게 알렸다. 그리하여 환자의 침대로 사람들이 모이듯 우리 주변으로 모여들었다. 쓸데없는 환영이었지만, 어쨌든 환영은 환영이었다. 쓸모없는 충고였지만 그 충고마저도 어찌나 따뜻하던지!

그런데 갑자기 툴루즈가 나타났다. 멀리 4,000킬로미터나 떨어진 곳에 위치한 항로의 기점, 그 툴루즈가 우리 사이에 자리 잡더니 다짜고짜 물었다.

"당신들 비행기가 F……인가?(등록 번호는 기억나지 않는다)"

"그렇습니다."

"그렇다면 아직 2시간은 더 비행할 수 있는 연료가 남아 있겠군. 이 기체의 연료 탱크는 표준 연료 탱크와는 다르니까. 시스네로스로 기수를 돌리게."

* * *

이런 식으로 어떤 직업에 주어진 불가피한 일들은 세상을 변화시키고 풍요롭게 만든다. 그러나 그날 밤과 같은 일을 겪어야만 조종사가 오래된 풍경들에서 새로운 의미를 발견하는 것은 아니다. 승객들을 지치게 만드는 단조로운 풍경도 승무원들에게는 전혀 다른 의미를 지닌다. 지평선이나 수평선을 가르는 구름덩어리도 승무원에게는 단순한 무대 장식이 아니다. 그 구름은 승무원들의 근육을 긴장시키고 시험 문제를 들이민다. 벌써부터 승무원들은 구름덩어리를 고려하고 재어 보고 있다. 그렇게 해서 진실한 언어가 구름덩어리와 승무원 사이를 연결해 주는 것이다. 저기 산봉우리가 있다. 아직은 멀리 떨어진 곳이다. 그 봉우리는 어떤 모습을 보여 줄 것인가? 달이 밝은 날에는 편리한 지표가 될 것이다. 하지만 조종사가 시야를 확보하지 못한 상태로 간신히 방향타를 잡으면서 자신의 현재 위치에 대해 의심을 품고 있다면, 그 산은 폭발물로 변해 밤새 협박을 멈추지 않을 것이다. 파도에 휩쓸려 떠도는 기뢰機雷 하나가 바다 전체를 엉망으로 만들 듯이.

대양도 그렇게 변한다. 한낱 여행자들에게 폭풍은 보이지 않는다. 아주 높은 곳에서 바라보면 파도는 높낮음이 전혀 없고, 커다란 물보라도 움직이는 않는 것처럼 보인다. 잎맥과 얼룩들이 눈에 띄는 커다란 종려나무 이파리들이 일종의 성에처럼 허옇게 얼어붙은 모습이 펼쳐질 뿐이다. 하지만 승무원들은 이런 바다에서 수상 착륙은 절대 금물이라고 판단한다. 승무원에게 그 종려나무 잎들은 독을 품은 커다란 꽃으로 보인다.

설사 그 비행이 아무리 평탄해도, 정기 항로의 한 구간 어딘가를 비행하는 조종사는 있는 그대로의 경치를 보지 않는다. 조종사들은 하늘과 땅의 빛깔, 바다 위를 훑는 바람의 흔적, 해질 무렵 금빛으로 물드는 구름들을 예찬하지 않는다. 대신 그것들에 대해 깊이 생각한다. 자신의 땅을 돌아보며 수많은 징후로 다가오는 봄, 서리의 위협, 곧 내릴 비를 예견하는 농부와 같이 직업 조종사 역시 눈이 오려는지, 안개가 끼려는지, 행복한 밤을 보낼 수 있는지 정도는 예견할 수 있다. 처음에는 비행기가 조종사를 심각한 자연재해로부터 떼어 놓는 것처럼 보이지만, 결국은 그 기계에 의해 우리는 더욱 더 엄격히 굴복하게 된다. 폭풍우 치는 하늘이 만들어 놓은 거대한 법정 한복판에서 조종사는 자신의 비행기를 걸고 산, 바다, 뇌우라는 자연계 신들과 싸우는 것이다.

2장
동료들

1

메르모즈를 포함한 동료 몇몇이 정복되지 않는 사하라 사막을 통과해 카사블랑카–다카르 구간의 프랑스 항공 노선을 개척했다. 당시 비행기 엔진은 내구력이 많이 떨어졌다. 한번은 엔진 고장으로 메르모즈가 무어인*들에게 잡혀간 일이 있었다. 무어인들은 그를 죽일까 말까 망설이다가 15일 동안 포로로 데리고 있었고, 결국은 되팔았다. 그리고 메르모즈는 같은 영토 상공에서 자신의 우편 수송기를 다시 몰 수 있게 되었다.

아메리카 노선이 개설되었을 때, 언제나 앞장서서 비행하던 메르모즈는 부에노스아이레스에서 산티아고까지의 구간을 조사하는 임무를 맡았다. 사하라 사막 위로 다리를 놓은 뒤, 안데스산

---

* 북아프리카에 사는 아랍계 이슬람교도의 명칭. 이하 *표시 옮긴이 주.

맥 위로 다리를 놓는 일에 착수한 것이다. 고도 5,200미터까지 날 수 있는 비행기가 그에게 주어졌다. 안데스산맥의 봉우리들은 해발 고도 7,000미터에 달했다. 메르모즈는 협로를 찾기 위해 이륙했다. 사막을 정복했던 그는 이제 산과 마주했다. 바람이 불면 봉우리가 놓쳐 버린 눈보라 스카프들은 거세게 휘날렸고, 창백해진 사물들은 폭풍의 전조를 알렸으며, 두 개의 암벽 사이에서 생기는 거친 소용돌이는 어쩔 수 없이 조종사에게 일종의 백병전을 치르게 했다. 메르모즈는 상대에 대해 아무것도 모른 채, 심한 압박감 속에서 살아 돌아갈 수 있을지 알 수 없는 싸움을 시작하곤 했다. 그는 다른 사람들을 위해 '시도'를 했다.

결국 여러 차례 '시도'한 끝에 그는 안데스산맥의 포로가 된 자신을 발견했다.

고도가 4,000미터에 달하는 수직 절벽 위에 펼쳐진 고원에 추락한 메르모즈와 엔지니어는 이틀 동안 그곳에서 탈출하려고 갖은 애를 썼지만 끝내 갇히고 말았다. 그래서 마지막으로 모든 것을 운에 맡기기로 했다. 울퉁불퉁한 지면에 거칠게 부딪히고 튀어오르며 허공을 향해 비행기를 몰았고, 절벽 끝까지 다다라 추락했다. 하강하면서 충분한 속력을 얻은 비행기는 다시 조종이 가능하게 되었다. 메르모즈는 산봉우리 정면에서 기수를 바로 세웠다. 산꼭대기를 스치는 바람에 밤새 얼어 터진 배관들에서 물이 쏟아져 나왔다. 이미 엉망이 된 비행기를 몰고 7분간 나아간 끝에 그의 발아래로 마치 약속의 땅처럼 칠레의 평원이 보였다.

다음 날, 그는 또 다시 비행에 나섰다.

안데스산맥 탐사가 잘 끝나고 산을 넘는 횡단 기술이 실전에 투입되자, 메르모즈는 그 구간을 동료인 기요메에게 맡기고 야간 비행을 떠났다.

아직 야간 조명 장치가 설치되기 전이었기 때문에, 칠흑 같은 밤이면 착륙장 위에는 휘발유로 밝힌 볼품없는 불빛 세 개만이 메르모즈 앞에 일렬로 놓여 있었다.

그러나 메르모즈는 이 모든 걸 극복했고 항로를 열었다.

밤을 제대로 길들이게 되자, 그는 대서양 횡단을 시도했다. 그리하여 1931년부터는 세계 최초로 툴루즈에서 부에노스아이레스까지 나흘 만에 우편 수송이 가능하게 되었다. 당시 메르모즈는 돌아오던 길에 남대서양 한복판에서 연료가 떨어져 풍랑이 심한 바다에 불시착했는데, 지나가던 배 한 척이 그와 우편기와 동승한 승무원을 구해 주었다.

이렇게 메르모즈는 사막, 산, 밤, 바다를 개척했다. 사막, 산, 밤, 바다로 여러 번 추락하기도 했다. 그리고 그가 살아 돌아왔을 때, 그것은 언제나 다시 떠나기 위해서였다.

그렇게 12년을 일하고, 한 번 더 남대서양 하늘을 비행하던 중 메르모즈는 짧은 전신을 통해 후방 우측 엔진을 끈다고 알려 왔다. 그리고 침묵이 흘렀다.

그 소식은 처음엔 전혀 걱정할 게 없는 것처럼 보였으나, 10분 동안 침묵이 계속되자 파리에서 부에노스아이레스까지 전 노선의 무선국들이 불안 속에서 철야 근무를 시작했다. 일상 속에서 10분의 지각은 별 의미가 없을 수도 있지만 우편 항공에서 10분은 매우 중요한 의미가 있기 때문이다. 이 죽은 시간 한가운데에는 아직 알려지지 않은 어떤 사건이 감추어져 있다. 그리고 그건 무의미하든지 불행하든지, 이미 일어난 사건이다. 운명이 판결을 내렸고, 이 판결에 대해 더는 항소할 수 없다. 강철같이 억센 손이 승무원들을 사뿐히 착수著水시키거나 박살 내거나, 어느 쪽으로든 몰고 갔다. 하지만 판결은 그걸 기다리고 있던 사람들에게는 통보되지 않는다.

우리들 중 그 누가 점점 더 희미해지는 이 희망을, 치명적인 질병처럼 매순간 악화되는 이 침묵을 겪어 보지 않았겠는가? 우리는 간절히 소망했다. 시간은 계속 흘렀고 밤이 점점 깊어 갔다. 우리는 동료들이 다시는 돌아오지 못하리라는 사실을 받아들여야 했다. 그들이 이제 자신들이 그토록 열심히 개간했던 그 남대서양에서 영원한 휴식을 취하리라는 사실을 말이다. 농부가 추수한 수확물을 단으로 잘 묶어 놓고 밭에서 낮잠에 들듯 메르모즈는 자신의 업적 뒤로 완전히 자취를 감추었다.

이렇게 동료가 죽을 때면 그의 죽음이 직업적 명령에 따른 행위처럼 느껴져, 처음에는 다른 죽음보다 상처를 덜 받은 것처럼 생각된다. 분명히 그는 마지막으로 목적지 변경을 명령받고 먼 곳으로 떠났다. 그러나 아직까지는 바닥난 식량이 간절한 순간 만큼 그의 존재가 사무치게 그리운 건 아니다.

사실, 우리는 만남을 오랫동안 기다리는 것에 익숙해져 있다.

우리 노선의 동료들은 전혀 대화를 나누지 않는 보초병들처럼 약간 외따로 떨어진 채, 파리에서 칠레의 산티아고까지 전 세계에 뿔뿔이 흩어져 있기 때문이다. 여기저기 흩어져 있는 직업상의 대가족 구성원들을 한자리에 모으려면 비행에 의한 우연이 필요하다. 카사블랑카, 다카르, 부에노스아이레스의 어느 저녁 식탁에 둘러앉아, 수년간의 침묵 끝에 비로소 그간 못 나눴던 대화를 이어 가고, 오랜 기억들의 조각을 맞춘다. 그러고 나서 우리는 다시 떠난다. 이처럼 대지는 황량한 동시에 풍요롭다. 풍요로움이라는 비밀 정원들은 숨겨져 있어 도달하기 힘들지만, 언젠가는 기필코 이 직업이 우리를 그곳에 다시 데려다준다. 어쩌면 생활은 우리를 동료들로부터 멀어지게 하고, 그들에 대해 자주 생각하지 못하도록 방해한다. 그러나 그들은 어딘가에 존재한다. 우리는 전혀 알지 못하는 어딘가에서 조용히, 사람들에게 잊힌 채로, 그러나 얼마나 충실하게 존재하는가! 만약 우리가 동료들을 우연히 마주친다면 그들은 너무나 기쁜 나머지 아름다운 환희의 불꽃과 함께 우리 어깨를 마구 흔들 것이다! 물론 우리는 기다리는 것에 익숙해져 있었지만…….

하지만 우리는 서서히 그 동료의 환한 웃음소리를 다시는 들을 수 없을 것이며, 이제 영원히 그의 정원에는 들어갈 수 없다는 것을 깨달아 간다. 그러면 가슴이 찢어지는 고통은 아닐지라도 다소 씁쓸한, 우리의 진정한 애도가 시작된다.

사실 그 어떤 것도 결코 죽은 동료를 대신할 수 없을 것이다. 오랜 동료는 절대 그냥 만들어지는 것이 아니다. 함께한 많은 추억들, 함께 겪어 낸 수많은 고난의 시간들, 그 많은 불화와 화해, 그토록 많은 마음의 동요에 비길 만한 보물은 아무것도 없다. 그런 우정은 다시 쌓을 수 있는 것이 아니다. 떡갈나무 한 그루를 심고 오래지 않아 이파리들 아래로 몸을 피할 수 있길 바라는 건 헛된 일이다.

그렇게 인생은 흘러간다. 우리는 우선 자기 자신을 비옥하게 만들었고, 수년에 걸쳐 나무를 심었다. 하지만 세월이 이 작업을 그만두게 하고, 나무를 베어 내는 날이 온다. 동료들은 하나둘씩 우리에게서 자신의 그림자를 떼어 내 간다. 그리고 그때부터 우리의 애도에는 늙어 간다는 것에 대한 말 못할 애석함이 뒤섞인다.

이상이 메르모즈와 먼저 간 다른 동료들이 우리에게 가르쳐 준 교훈이다. 어떤 직업의 위대함이란 어쩌면 무엇보다 인간을 하나 되게 만드는 데 있지 않을까. 진정한 호사豪奢란 인간관계에서만 누릴 수 있는 것이니까.

오직 물질적인 부를 위해 일하다 보면, 스스로 자신의 감옥을 만들게 된다. 살아갈 가치가 있는 것이라고는 아무것도 가져다주지 못하는 재와 같은 돈으로 우리는 자신을 고독하게 가둔다.

내 기억 속에서 오래도록 여운을 남긴 사람들을 찾고, 남다른 의미를 지녔던 시간들을 결산해 보면, 그 어떤 부도 가져다주지 못하는 것들을 반드시 발견해 내리라. 메르모즈와의 우정처럼, 함께 시련을 겪으며 우리와 영원히 맺어진 그 어떤 동료와의 우정도 돈으로는 살 수 없다.

비행하던 그날 밤 그리고 십만 개의 별들, 그 고요함, 압도당했던 몇 시간들. 그런 것들은 돈으로도 살 수 없다.

어려운 고비 후 나타나는 세상의 새로운 풍경, 그 나무들, 그 꽃들, 그 여인들. 새벽녘에 우리에게 다시 주어진 생명으로 새롭게 채색된 그 미소들. 우리에게 보상으로 주어지는 그 사소한 것들의 조화. 그런 것들은 돈으로 살 수 없다.

반군에게 잡혀갔던 날 밤도 그랬다. 문득 그날 밤이 기억난다.

해질 무렵, 리오데오로 해안에 불시착한 우편 수송기는 모두 세 대였다. 동료 리구엘의 비행기가 크랭크암이 끊어져 가장 먼저 착륙했다. 또 다른 동료 부르가는 리구엘의 비행기에 탔던 승무원들을 태우려고 착륙했다가 가벼운 기체 고장으로 역시 돌아갈 수 없게 되었다. 그리고 마침내 내가 착륙했다. 내가 도착했을 때는 이미 밤이었다. 우리는 부르가의 비행기를 구제하기로 결정했고, 제대로 수리하기 위해 날이 밝기를 기다렸다.

1년 전, 동료 구르프와 에라블이 정확히 이곳에서 기체가 고장 나는 바람에 반군에게 살해당하고 말았다. 우리는 소총 300자루로 무장한 반군이 요즘도 보야도르 어딘가에 주둔하고 있다는 사실을 알고 있었다. 비행기 세 대가 차례로 착륙하는 모습은 멀리서도 보였을 테고, 어쩌면 경계 태세에 돌입했을지도 모르는 일이었다. 그래서 우리는 마지막이 될지도 모르는 철야를 시작했다.

우리는 밤을 보내기 위해 자리를 잡았다. 화물칸에서 대여섯 개의 상자를 꺼내 속을 비우고 원형으로 놓은 뒤, 그 안에 바람 때문에 다 꺼져 가던 촛불을 하나씩 세워 놓았다. 마치 병사들이 초소 구덩이에서 하듯이 말이다. 그렇게 우리는 사막 한가운데, 지구의 벌거벗은 지표 위에서 태초의 고독을 느끼며 인간의 마을을 세웠다.

가물거리는 불빛이 흘러나오는 상자들이 놓인 그 모래밭, 그건 우리가 세운 마을의 커다란 광장이었다. 그곳에서 밤을 지새우기 위해 우리는 모여 앉았고 무언가를 기다렸다. 우리를 구해 줄 새벽이 오기를, 아니면 무어인들이라도 나타나기를. 지금 생각해 봐도 무엇이 그날 밤 그렇게 크리스마스 저녁을 떠올리게 하는 감상을 불러일으켰는지 모르겠다. 우리는 서로 추억을 이야기하고, 농담도 하고, 노래도 불렀다.

심지어 우리는 훌륭하게 준비된 파티 도중에나 느낄 법한 유쾌한 열기를 느끼고 있었다. 그렇지만 우리들은 한없이 가난했다. 오직 바람과 사막과 별들뿐. 트라피스트 수도사*들도 그보다 더하진 않았을 것이다. 하지만 불빛도 침침한 이 식탁보 위에서 추억 말고는 아무것도 가진 게 없는 예닐곱 명의 인간들은 보이지 않는 부를 서로 나누고 있었다.

마침내 우리는 서로를 알게 된 것이다. 우리는 오랜 시간 옆에서 나란히 같은 길을 가고 있었지만 각자의 침묵에 갇혀 있었거나 아니면 그동안 아무것도 전달하지 않는 이야기만 나누었다. 하지만 위기의 순간이 왔고, 지금 우리는 서로 돕고 있다. 그제야 비로

---

* 1664년 프랑스 노르망디주에서 생겨난 가톨릭의 분파로 기도, 침묵, 노동을 강조하는 엄격한 수도회.

소 같은 공동체에 속해 있다는 사실을 깨닫는다. 우리는 다른 사람들을 발견함으로써 시야를 넓혀 간다. 미소를 활짝 띠며 서로를 바라본다. 이때 우리는 광활한 바다를 보고 감동받은, 이제 막 풀려난 죄수와도 같다.

2

기요메, 자네에 대해 몇 마디 하려 하네. 하지만 자네의 용기나 직업적 능력을 지나치게 강조해서 자넬 거북하게 만들지는 않을 생각이라네. 자네가 했던 가장 아름다운 모험에 대해 이야기함으로써 내가 전하고자 하는 건 전혀 다른 것이라네.

딱히 뭐라 칭할 수 없는 장점이 하나 있어. 그걸 '진중함'이라고 할 수도 있겠지만 그 단어로는 충분치 않지. 그 장점에는 더없이 기분 좋고 쾌활한 데가 있기 때문이네. 그건 나무를 대등하게 정면으로 마주해서 손으로 만져 보고 측량하며 무엇 하나 쉬이 넘기지 않고 온 정성을 다하는 목수의 장점과 같은 것이니까.

기요메, 나는 예전에 자네의 모험을 찬양하는 누구가 쓴 이야기를 읽은 적이 있네. 그리고 사실과 다른 이미지를 바로잡아야겠다는 생각을 오래전부터 해 왔지. 그 이야기 속 자넨 농담이나 던지는 '가브로슈*'처럼 그려지고 있는데, 그건 마치 용기라는 것을 최악의 위기에서 죽음을 목전에 두고 풋내기가 던지는 조롱 수준으

---

* 빅토르 위고의 소설 『레 미제라블』에 나오는 조소적이며 반항적인 파리의 신문 팔이 소년.

로 격하시킨 느낌이었네. 기요메, 사람들은 자넬 알지 못했네. 자넨 적들과 맞서기 전에 그들을 조롱할 필요를 느끼지 않거든. 세찬 폭풍우를 맞닥뜨리면 '이거 고약한 날씨로군.'이라고 판단을 내릴 뿐이지. 그리고 그걸 받아들이고 측정하겠지.

기요메, 나는 내 추억의 증인으로서 자네를 이리로 데려왔네.

한겨울에 안데스산맥을 넘던 자네가 행방불명된 지 50시간이 지난 후였어. 나는 파타고니아 오지에서 돌아오는 길이었고 멘도사에서 조종사 들레와 합류했지. 그나 나나 비행기를 타고 꼬박 닷새 동안 산을 샅샅이 뒤졌지만, 아무것도 찾을 수 없었네. 비행기 두 대로는 부족했지. 백 개의 비행 중대가 백 년을 비행해도 최대 높이가 7,000미터나 되는 이 거대한 산맥을 일일이 수색할 수는 없는 노릇이었거든. 우리는 모든 희망을 잃었네. 5프랑만 주면 범죄도 마다하지 않는 그곳의 밀수업자들과 도적들조차 구조대에 들어오길 거절하더군. 그들은 우리에게 이렇게 말했어.

"거길 가려면 목숨 내놓고 가야죠."

"겨울의 안데스산맥은 그 누구도 돌려보내지 않는다오."

들레와 내가 산티아고에 착륙했을 때, 칠레 장교들도 우리에게 수색을 연기하라고 했네.

"겨울이잖습니까. 당신 동료가 추락하고도 생존했다 해도 밤에는 못 버텼을 겁니다. 밤이 스치고만 지나가도 저 위에서는 사람이 얼음으로 변해 버리거든요."

그리고 내가 다시 안데스산맥의 거대한 벽들과 기둥 사이로 들어갔을 때는 자네를 찾으려고 비행하는 것이 아니라 눈으로 지어진 대성당에서 조용히 자네의 시신 곁을 지키고 있다는 기분마저 들었네.

마침내 이레째 되던 날, 이미 한 차례 다녀온 후 그다음 비행을 떠나기 전에 멘도사의 식당에서 점심을 먹고 있을 때였지. 어떤 사람이 문을 밀고 들어와 소리쳤어. 아! 몹시 짧은 한마디였다네.

"기요메가…… 살아 있다!"

그러자 그곳에 있던 생면부지의 사람들 모두가 서로를 부둥켜안았지.

10분 뒤, 나는 르페브르와 아브리라는 두 명의 엔지니어를 태우고 떠났다네. 40분 후에 나는 도로를 따라 착륙했어. 내가 뭘 보고 그랬는지는 모르지만 자넬 태우고 산라파엘 방향으로 가던 자동차를 알아보았지. 아름다운 만남이었어. 우리 모두는 울음을 터뜨렸고 살아 있는 자넬, 부활해 자신만의 기적을 만들어 낸 자넬 몸이 으스러질 정도로 꼭 끌어안았어. 그때 자네가 했던 말이 있어. 입 밖으로 나온, 알아들을 수 있는 첫 구절은 이것이었네. 경탄할 만한 인간의 자부심에서 나온 말이었지.

"맹세컨대, 내가 해낸 일은 그 어떤 짐승도 못 할 일이야."

그러고 나서 자네는 우리에게 사고 이야기를 들려주었지.

안데스산맥의 칠레 쪽 산비탈에 폭풍이 몰아쳐 48시간 만에 눈이 5미터 두께로 쌓여 사방이 막히자, 팬에어 항공사의 미국인들은 회항을 택했어. 하지만 자네는 하늘의 갈라진 틈새를 찾아 이륙했지. 약간 더 남쪽에 위치한 틈새를 발견하고는 6,500미터 고도를 유지했고, 6,000미터에 달하는 구름 천장을 내려다보았어. 가장 높은 봉우리들만이 구름 위로 삐죽 솟아 있는 그곳에서 아르헨티나 쪽으로 기수를 돌렸지.

하강 기류는 때때로 조종사들에게 야릇한 불쾌감을 주곤 해. 엔진은 제대로 돌아가는데 기체는 점점 하강하고. 고도를 높이려고 급상승을 시도해 보지만 기체 속도는 떨어지고 힘이 빠져서 계속해서 하강하게 되니까. 비행기를 너무 급상승시켰나 싶어 손을 놓고 비행기가 기류에 의해 좌우로 이동하도록 내버려 두고 점프대처럼 바람을 받아 줄 유리한 능선을 찾아 등을 기대 보려 하지만, 여전히 계속 하강하지. 마치 하늘 전체가 가라앉는 것 같아. 당시 자넨 일종의 우주적 재해를 당한 기분이었지. 안전지대는 더 이상 없었어. 유턴해서 대기가 기둥처럼 탄탄하고 압력이 높아 기체를 지탱해 주는 지역으로 돌아가 보려 시도했지만 소용없지. 기둥은 더 이상 없었거든. 기체는 전부 해체되고, 온 우주가 황폐해진 가운데 구름은 뭉게뭉게 피어 자네가 있는 곳까지 올라와 집어삼켰다네.

자넨 우리에게 말했어.

"꼼짝 못할 뻔했지. 그때는 납득할 수 없었어. 구름들이 매우 안정적으로 보였거든. 실은 같은 고도에서 구름이 끊임없이 생성되기 때문이었는데, 그런 구름 위에서 하강 기류를 만난 거야. 고산 지대에서는 모든 게 너무 신기하다니까⋯⋯."

얼마나 놀라운 구름들인지!

"구름 속에 갇히자마자, 난 조종간을 놓고 밖으로 튕겨 나가지 않으려고 조종석에 매달려 있었어. 어찌나 심하게 흔들리던지 안전벨트를 맨 어깨는 상처가 나고 벨트는 결국 끊어졌지. 게다가 성에가 껴서 사방의 시야가 완전히 가려졌고, 난 6,000미터에서 3,500미터로 마치 모자처럼 굴러떨어졌다네.

3,500미터 상공에서 수평으로 놓인 검은 물체가 얼핏 보였는데, 그 덕에 기체를 바로 세울 수 있었지. 내가 본 건 라구나델디아망트라는 호수였어. 내가 알기로 그 호수는 깔때기 모양의 계곡에 있는데, 한쪽 경사면에는 높이가 6,900미터에 이르는 마이포 화산이 있었지. 구름에서 벗어나기는 했지만, 휘몰아치는 눈 때문에 여전히 시야 확보가 안 되는 상태였고, 그 호수를 놓쳤다가는 한쪽 경사면을 그대로 들이받고 산산조각이 났을 거야. 그래서 나는 연료가 바닥날 때까지 30미터 상공에서 호수 주변을 돌았지. 그렇게 회전목마를 타듯 2시간을 돈 끝에 비행기를 착륙시키려다 곤두박질쳤어. 비행기에서 빠져나오자, 눈보라에 다시 쓰러졌어. 두 발로 다시 일어났지만, 또 자빠지고 말았지. 비행기 아래로 들어가 눈 속에 몸을 숨길 구덩이를 팔 수밖에 없었어. 거기서 우편 행낭으로 몸을 덮고 48시간을 기다렸지. 그 후, 눈보라가 잠잠해지자 난 걷기 시작했어. 그렇게 나흘 밤 닷새 낮을 걸은 거야."

그렇지만 기요메, 자네에게 남은 건 무엇이었나? 우리는 바로 자넬 되찾아 냈지만, 자네는 까맣게 타고 몸은 딱딱하게 굳어 노파처럼 왜소해져 있었어! 그날 저녁, 나는 자넬 비행기에 태워 멘도사에 데려다주었고, 그곳에서는 하얀 시트들이 마치 진통제처럼 자네 위로 흘러내렸지. 하지만 그것들도 자넬 치유해 주진 못했어. 자넨 녹초가 된 육체가 불편해 몸을 뒤척이며 잠을 이루지 못했지. 자네의 몸은 바위도 눈도 잊지 못했네. 그것들은 자네에게 흔적을 남겨 놓았어. 나는 멍들고 농익은 과일처럼 시커멓게 부어오른 자네 얼굴을 가만히 들여다보았네. 임무에 쓰였던 훌륭한 연장들을 사용하지 못하게 된 자네는 몹시 추하고 비참한 얼굴이었지. 손은 여전히 마비 상태였고, 숨을 쉬려고 침대 가장자리에 앉아 있을 때면 동상 걸린 발이 마치 작동을 멈춘 두 개의 시계추처럼 축 처져 있었어. 자네는 여행을 끝내지 못한 듯 여전히 헐떡거렸고, 안정을 취하려 베개에 머리를 묻고 돌아누우면 잊고 있던 이미지들이, 무대 뒤에서 초조하게 기다리던 이미지의 행렬이 즉시 자네 머릿속에서 되살아나 주마등처럼 스쳐 지나갔지. 그래서 자넨 잿더미 속에서 되살아나는 적들과 몇 번이고 맞서 싸워야 했어.

나는 자네에게 약차를 따라 주며 말했어.

"마시게, 이 친구야."

"내가 가장 놀랐던 건 말이야…… 자네도 알겠지만……."

승리는 했지만 심하게 맞아 멍 자국이 남은 권투 선수 같은 자네는 자네의 기묘한 모험을 다시 되풀이하곤 했지. 그리고 그 기억의 조각들로부터 차츰 해방되어 갔어. 그리고 밤에 그대가 하는 이야기를 들으면 피켈도, 로프도, 식량도 없이 걸으면서 4,500미터 높이의 고개를 넘거나, 영하 40도의 추위에 발과 무릎과 손에 피를 흘리면서 깎아지른 절벽을 따라 앞으로 나아가는 자네 모습이 그려지는 듯했다네. 피도, 힘도, 의식도 조금씩 없어지는데도, 자네는 개미 같은 끈기로 앞으로 나아갔지. 장애물을 만나면 장애물을 피해 되돌아갔고, 넘어지면 다시 일어났고, 낭떠러지로 끝나 버릴 언덕을 올랐고, 눈밭에 누웠다가는 다시 일어나지 못할 것을 알기에 조금의 휴식도 취하지 못했어.

그리고 실제로 미끄러지면 재빨리 다시 몸을 일으켜야 했지. 돌로 변하지 않도록 말이야. 시간이 지날수록 추위에 몸이 굳어 갔고, 넘어진 뒤 1분이라도 더 휴식을 맛본 후에는 다시 일어나기 위해 죽은 근육들을 사용해야만 했어.

자넨 유혹을 견뎌 냈지. 자넨 내게 이런 말을 했네.

"눈 속에서는 생존 본능을 전부 잃게 돼. 이틀, 사흘, 나흘을 걷다 보면 자고 싶다는 생각밖에 없거든. 나도 그랬어. 그런데 그런 생각이 들었어. '만약 내가 살아 있다고 믿는다면, 아내는 내가 걷고 있을 거라 생각하겠지. 동료들은 내가 걷고 있다고 생각하겠지. 모두들 날 믿고 있어. 그러니 내가 걷지 않는다면, 난 개자식이 되는 거야.'"

그래서 자넨 걸었어. 얼어서 부풀어 오른 발이 들어갈 수 있도록 주머니칼로 매일 조금씩 구두 안쪽을 파내면서.

자네는 나에게 묘한 속마음을 이야기해 주었지.

"이틀째 되는 날부터, 그러니까 내가 한 가장 큰일은 생각을 멈추는 일이었어. 너무 고통스러웠고, 내 상황은 너무 절망적이었지. 걸을 용기를 내려면, 내 상황을 생각하지 말아야 했던 거야. 불행히도 머리가 맘대로 잘 안 돌아갔어. 그냥 터빈처럼 계속 돌

아가더라고. 그래도 머릿속에 떠올릴 이미지는 선택할 수 있었
어. 그래서 뇌를 어떤 영화나 책에 집중하려고 했지. 그러면 그
게 머릿속에서 전속력으로 펼쳐졌고 금방 나는 다시 현재 상황으
로 돌아왔어. 여지없이 그러더라고. 그러면 다른 기억들을 떠올렸
어⋯⋯."

한번은 자네가 미끄러져서 눈 속에 배를 깔고 엎어져서는 일어
나기를 포기한 적도 있었어. 온 열정을 한 방에 비우고, 낯선 세계
에서 하나하나 세어지는 카운트가 돌이킬 수 없는 10초에 이르는
것을 기다리는 복서와도 같았지.

"난 할 수 있는 걸 다했고, 이제 희망도 없는데, 왜 이런 고행에
집착하는 걸까?"

이 세상에서 평화를 얻고자 한다면 눈만 감으면 되었을 것을.
세상에서 바위와 얼음과 눈을 지우려면 말이야. 기적 같은 그 눈
꺼풀을 닫자마자 충격도, 추락도, 찢긴 근육도, 타들어 가는 동상
도, 황소처럼 지고 나가야 할 삶의 무게, 수레보다도 무거워진 그
삶의 무게도 싹 사라졌어. 자넨 이미 독이 되어 버린 추위, 모르
핀과도 같이 이제 자넬 황홀경으로 가득 채우는 추위를 맛보았지.
자네의 생명은 심장 주위로 피신했어. 부드럽고 소중한 무언가가
자네 마음 한가운데 웅크리고 있었지. 자네의 의식은 그때까지 고
통으로 몸부림치는 짐승 같던 육체를 먼 곳에서부터 조금씩 포기
했고, 자네 육체는 이미 대리석처럼 차갑고 무감각했네.

자책감 역시 사라졌지. 이제 우리가 부르는 소리는 자네에게 들
리지 않았어. 좀 더 정확히 말하자면, 이제 자네를 꿈속으로 부르

는 소리가 되었던 거야. 자넨 꿈속의 걸음으로, 성큼성큼 가벼운 발걸음으로 행복하게 화답했고, 그 덕에 자네에게는 평원의 환락이 쉽게 열렸어. 자네가 그토록 다정해진 세상 속으로 빠져든 것은 얼마나 수월했던지! 기요메, 인색하게도 자넨 우리에게 돌아오기를 거부하기로 마음먹었던 거야.

후회가 자네 의식 깊은 곳에서부터 올라왔지. 갑자기 세세한 일들이 꿈에 섞여 들었어.

"아내 생각이 났어. 내 보험 증권이 있으니 가난은 면하겠지. 그래, 그런데 보험은……."

실종의 경우, 법적 사망은 4년 뒤로 연기되지. 그 세부 항목이 불현듯 뇌리를 스치자 다른 생각들은 싹 사라진 거야. 그런데 자넨 눈 덮인 가파른 비탈길에 납작 엎드려 있었어. 여름이 오면 자네 육신은 진흙과 함께 안데스산맥의 수많은 크레바스 중 하나로 굴러떨어지겠지. 자넨 잘 알고 있었던 거야. 그리고 전방 50미터에 바위 하나가 솟아 있는 것도 알고 있었지.

"그런 생각이 들었어. 내가 다시 일어난다면 아마 저곳까지 갈수 있을지도 몰라. 그리고 내 몸을 저 바위에 고정시키면, 여름이됐을 때 사람들이 내 시신을 발견하겠지."

일단 일어서자, 자넨 이틀 밤 사흘 낮을 걸었어.

하지만 자네는 멀리 갈 생각은 없었지.

"여러 징조들을 보고 마지막임을 직감했어. 그중 하나는 이런거였지. 신발 안쪽을 좀 더 파내거나, 부어오른 발에 눈으로 냉찜질을 하거나, 아니면 단지 심장을 쉬게 하기 위해서라도 대략 두 시간마다 한 번씩은 멈춰야 했어. 하지만 나중에는 점점 기억이 가물가물해지더라고. 다시 출발한 지 한참이 흐른 뒤에야 정신이 번쩍 들곤 했지. 그때마다 뭔가 잃어버렸어. 처음에는 장갑 한 짝을 잃어버렸는데 그 추위에 그건 심각한 일이잖아! 그걸 내 앞에다 벗어 놓고는 안 챙기고 그냥 출발한 거야. 그다음엔 시계를 잃어버렸고, 그다음엔 칼, 그다음엔 나침반을 잃어버렸지. 쉴 때마다 가난해졌던 거야……. 그럼에도 내딛는 한 걸음이 날 살려 주고 있었어. 한 걸음 더, 계속 똑같은 그 한 걸음을 다시 내딛는 거야…….”

“맹세컨대, 내가 해낸 일은 그 어떤 짐승도 못할 일이야.”

내가 아는 가장 숭고한 문장. 인간을 인간답게, 또 영화롭게 하며, 참된 위계질서를 재정립하는 이 문장이 내 기억에서 되살아나는군. 마침내 자넨 잠이 들었고, 의식을 잃었네. 하지만 잠에서 깨면 의식은 다시 되살아나, 부서지고 수척해지고 그을린 육체를 다시 지배할 테지. 그러면 육체는 이제 좋은 도구일 뿐이요, 하인에 지나지 않을 거라네. 그리고 기요메, 자넨 좋은 도구에 대한 자부심을 표현할 줄 아는 사람이었지.

“먹지도 못하고 걸은 지 사흘째 되는 날…… 내 심장이 더는 그렇게 힘차게 뛰지 않더라고……. 그래! 깎아지른 산비탈을 따라 전진하느라, 주먹을 쑤셔 박을 구멍을 파면서 허공에 매달려 있던 그때 말이야. 그때 심장에 무리가 온 거야. 심장이 멈칫하다가 다시 뛰는 거야. 아무렇게나 뛰더라고. 심장이 1초만 더 멈칫한다면 생을 놓을 것 같은 기분이 들었어. 나는 꼼짝없이 멈춰 서서 내 속에서 나는 소리를 들었어. 그런 경험은 난생 처음이었어. 이해하겠나? 내가 비행기를 탄 오랜 세월 동안 그 순간 만큼 엔진에 바싹 달라붙은 적이 없었어. 전부 그 몇 분 동안 심장에 매달렸던 것만큼은 아니었다고. 나는 심장에게 말했지. '자, 힘내! 좀 더 뛰어봐…….' 그런데 그 심장이 성능이 끝내주더라고! 멈칫하다가도 여전히 다시 뛰는 거야……. 내 심장이 얼마나 기특했는지 자넨 모를 거야!"

내가 자넬 돌보던 멘도사의 방에서 자넨 숨을 헐떡거리다가 결국은 잠이 들었지. 나는 그런 생각을 했었네.

'사람들이 기요메의 용기에 대해 이야기하면 기요메는 그저 어깨를 으쓱할 테지. 그렇다고 그의 겸손을 칭송한다면 이조차도 그를 왜곡하는 일이다. 그는 그런 보잘것없는 장점을 초월한 곳에 있으니까. 기요메가 어깨를 으쓱하는 건 지혜로워서다. 그는 알고 있었어. 사람은 일단 어떤 사건에 휘말리게 되면, 더는 그것을 두려워하지 않는다는 사실을. 오직 알지 못하는 것만이 사람을 두렵게 한다. 누구든 이에 맞선 자에게는 더는 미지의 것이 아니게 된다. 특히, 명석하고 진중한 태도로 사태를 관찰하는 사람에겐 더욱 그러하다. 기요메의 용기는 무엇보다도 그의 올곧은 성품에서 나온 것이다.'

기요메의 진정한 미덕은 여기에 있지 않다. 그의 위대함은 스스로 책임을 느끼는 데 있다. 그건 자기 자신과 우편물 그리고 기다리는 동료들에 대한 책임감이다. 그들의 고통 혹은 기쁨이 그에게 달려 있는 것이다. 그건 저기 살아 있는 자들이 날마다 새로이 쌓아 가는 책임이고, 그 자신도 분담해야 하는 책임이다. 자신의 위치라는 한도 내에서 인간의 운명에 대한 일말의 책임을 지는 것이다.

그는 자신의 잎사귀로 넓은 지평을 덮어 주는 큰 인물들에 속한다. 인간됨이란, 정확히 말해 책임을 지는 것이다. 그것은 제 탓이 아닌 것으로 보이는 비참함 앞에서 부끄러움을 아는 것이다. 그것은 동료들이 거둔 승리를 자랑스러워하는 것이다. 그것은 자신의 돌을 놓으면서 세상을 만드는 데 기여한다고 느끼는 것이다.

사람들은 이런 인물을 투우사나 노름꾼과 혼동한다. 그들이 죽음을 두려워하지 않는다고 치켜세운다. 하지만 나는 죽음을 두려워하지 않는 태도에는 전혀 관심이 없다. 무언가를 기꺼이 감수하는 책임감에 근원한 것이 아니라면, 그것은 영혼의 빈곤이나 지나친 젊음을 드러내는 증표에 불과하다. 나는 어린 나이에 자살한 사람 하나를 알고 있다. 그가 어떤 실연의 아픔으로 인해 은밀하게 자기 심장에 총을 쏘았는지는 알지 못한다. 그가 어떤 문학적 유혹에 굴복해 손에 흰 장갑을 꼈는지 모르지만, 이 같은 슬픈 과시에 맞닥뜨렸을 때, 고귀함이 아닌 비참함을 느꼈다는 건 기억이 난다. 그러니까 그 사랑스러운 얼굴 뒤에는, 인간의 탈 뒤에는 아무것도 없었던 것이다. 정말 아무것도. 여느 아이들과 다를 바 없는 어떤 어리석은 소녀의 모습 외에는 말이다.

이런 초라한 운명을 마주하고서 나는 한 인간의 참된 죽음을 떠올렸다. 그것은 어느 정원사의 죽음이었는데, 그는 죽으면서 내게 이런 말을 했다.

"당신도 아시겠지만…… 삽질을 하다 보면 때로는 땀이 납니다. 류머티즘 때문에 다리를 절면서 이 노예 생활에 대해 욕을 퍼붓곤 했지요. 하지만 오늘도 난 땅을, 땅을 일구고 싶습니다. 그게 그렇게 좋아 보일 수가 없다니까요! 땅을 일굴 때면 얼마나 자유로운지! 그리고 누가 이만큼 내 나무들을 다듬을 수 있겠어요?"

그는 미처 손보지 못한 땅을 한 구획 남기고 갔다. 일구지 못한 별 하나를 두고 간 것이다. 그는 모든 땅과 그 땅의 모든 나무들과 사랑으로 연결되어 있었다. 관대한 사람, 아낌없이 주는 사람, 위대한 주인은 바로 그였다! 천지 창조의 이름으로 죽음과 사투를 벌였으니 기요메처럼 용감한 사람이 바로 그였다.

3장
비행기

기요메, 자네가 압력계를 조정하고, 자이로스코프로 균형을 잡고, 엔진 소리를 진단하고, 15톤 쇳덩이의 무게를 버텨 가며 밤낮 가리지 않고 일한들 그것이 무슨 소용이겠는가. 자네가 마주한 문제들은 결국은 모든 인간의 문제들인 것을. 그리하여 자네는 단숨에 산악 민족이 가진 위엄에 다다르게 되었지. 시인과 마찬가지로 새벽이 오는 것을 만끽할 줄도 알게 되었어. 힘겨웠던 밤들의 심연으로부터 나타나는 저 파리한 꽃다발, 동쪽의 검은 대지들에서 솟아오르는 저 빛을 자네는 얼마나 소망했던가. 얼어붙었던 그 기적의 샘은 때때로 자네 앞에서 서서히 녹아, 이제는 죽었구나 생각했던 자네를 치유해 주었네.

똑똑한 기계를 사용한다는 것이 자넬 무뚝뚝한 기술자로 만들지는 않았어. 기술의 진보를 몹시 두려워하는 자들은 내가 볼 땐 목적과 수단을 혼동하는 것 같네. 사실, 물질적인 재산만을 바라며 싸우는 사람은 그 누구든 살 만한 가치가 있는 그 어떤 것도 얻지 못한다네. 하지만 기계는 목적이 아니야. 비행기도 마찬가지고. 비행기는 도구일 뿐이네. 쟁기와 같은 하나의 도구.

기계가 인간을 해친다고 믿는다면, 아마도 그건 우리가 겪었던 것만큼 빠른 변화들의 결과를 평가하기 위해 한 발짝 물러나 바라볼 여유가 부족해서일 거네. 인류의 역사 20만 년과 비교했을 때, 기계의 역사 100년이 대체 뭐란 말인가? 우리는 이제 겨우 광산과 발전소가 있는 이 풍경 속에 자리 잡았네. 미처 다 짓지도 못한 이 새로운 집에 이제 겨우 살기 시작했을 뿐이야. 우리 주변의 인간관계, 근로 조건, 관습 등 모두 게 너무 빨리 변해 버렸어. 우리의 정신세계도 내면의 가장 밑바닥에서부터 뒤죽박죽이 되어 버렸고. 이별, 부재, 거리, 귀환이라는 개념은 비록 단어는 그대로 남아 있더라도 더 이상 같은 현실을 담고 있지는 않다는 말일세. 오늘의 세상을 이해하기 위해서 우리는 어제의 세상을 위해 만들어진 언어를 사용하고 있는 거야. 즉, 과거의 삶이 우리 본성에 더 잘 부합하는 것처럼 보이는 건 단지 그 삶이 우리의 언어에 더 잘 부합하기 때문인 거지.

어떤 진보가 이루어질 때마다 우리는 번번이 겨우 체득한 습관들 밖으로 좀 더 멀리 내몰렸어. 그리하여 우리는 아직 조국을 세우지 못한 진짜 이민자들 신세가 되었네.

우리 모두는 아직도 새 장난감에 감탄하는 어린 미개인들이네. 우리의 비행 경주에는 다른 의미가 전혀 없어. 보다 더 높이 오르고, 보다 더 빠르게 날려고만 하지. 그리고 왜 이 경주를 하는지는 잊어버린다네. 지금은 경주가 그 목적보다 더 중요하게 되었어. 언제나 그랬지. 제국을 건설하는 식민지 부대에게 삶의 의미는 식민지를 정복하는 데 있지. 군인들은 식민지 원주민을 경멸해. 하지만 이 정복의 목적은 원주민들의 정착 아니었나? 우리는 진보의 열광 속에서 철도를 건설하고, 공장을 짓고, 석유를 시추하는 데 인간들을 이용했다네. 정작 인간을 위해서 이 시설들을 세웠다는 사실은 잠시 잊어버린 거지. 정복이 계속되는 동안 우리의 도덕률은 바로 군인의 그것이었어. 그러나 이제 우리는 식민화해야 하네. 아직 제 모습을 갖추지 못한 이 새로운 집을 활기차게 만들어야 하네. 진리가 어떤 이에게는 집을 짓는 것이었다면, 다른 이에게는 집을 지어 그 속에서 사는 것이니까 말이야.

우리의 집은 틀림없이 점점 더 인간다워지겠지. 기계도 완벽하게 되어 가면 갈수록 기계 자체의 존재감은 그의 기능 뒤로 지워지지 않나. 인간이 산업에 쏟아붓는 모든 노력, 모든 계산, 설계도 위에서 지새운 수많은 밤, 이런 눈에 보이는 표시들도 단지 단순함이라는 결과를 가져오기 위한 것 같네. 마치 기둥 하나, 배의 유선형 밑바닥, 비행기 동체의 곡선이 점차 가슴이나 어깨 곡선처럼 아주 간단하고 세련되게 진화할 때까지 수 세대에 걸친 경험이 필요했던 것처럼 말일세. 엔지니어, 설계사, 연구실의 수학자들이 하는 일도 겉보기에는 그저 연결 부위에 광을 내고, 얼룩을 지우고, 그 부분을 가볍게 만들거나 날개의 수평을 맞추는 일인 것처럼 보이지. 그러나 이것은 더는 동체에 달린 날개를 알아차리지 못할 때까지 계속되고, 마침내 활짝 핀 꽃처럼 완벽한 형태의 외피가 드러난다네. 이것은 자연적이고 신비롭게 연결된 하나의 전체로서 마치 한 편의 시와 같지. 완벽함은 더 이상 덧붙일 것이 없을 때 그 경지에 이르는 것이 아니라, 더 이상 떼어 낼 것이 없을 때 이루어지는 것 같네. 발전 끝에 기계는 제 모습을 감추게 되지.

이처럼 완벽한 발명이란 발명이 없는 것에 가깝다네. 기계에서 겉으로 보이는 모든 장치들이 차츰 사라지고, 바닷물로 반질반질하게 닦인 조약돌처럼 자연스러운 물건이 우리에게 주어진 것과 마찬가지로, 기계를 사용함에 있어서 기계 자체가 점점 잊혀 가고 있다는 건 놀라운 일일세.

예전에 우리는 복잡한 공장을 접하지 않았나. 하지만 오늘날 우리는 엔진이 돌아가고 있다는 걸 잊어버리고 사네. 엔진은 비로소 자기 기능을 하고 있는 거야. 심장이 뛰는 것처럼 기계를 돌아가게 하는 것 말이야. 그리고 우리가 우리의 심장에 주의를 기울이지 않는 것처럼, 도구도 더는 우리의 주의를 끌 수 없다네. 도구를 넘어 그리고 도구를 통해서 우리가 되찾게 되는 오래된 본성이 있는데, 그것은 바로 정원사나 항해사 혹은 시인의 본성이야.

이륙하는 조종사가 접하는 건 바로 물과 공기라네. 엔진을 켜고 수상 비행기가 바다를 가를 때, 동체에서는 징 소리가 울리고, 조종사는 허리 진동으로 이 움직임을 느끼지. 속도를 낼수록 그는 자기 비행기에 점점 힘이 차오르는 것을, 이 15톤짜리 기계가 날 수 있도록 분위기가 무르익고 있다는 것을 느끼네. 조종사가 조종간을 꽉 쥐면, 움푹 팬 손바닥 안으로 마치 신의 선물과 같은 힘이 조금씩 생겨난다네. 그리고 조종사가 선물을 부여받음에 따라 금속 장치들은 그 힘의 전달자 역할을 하게 되지. 힘이 무르익으면 조종사는 꽃을 따는 동작보다도 훨씬 더 부드럽게 비행기를 수면에서 이륙시켜 대기로 날아오른다네.

4장
비행기와 지구

1

비행기도 분명 기계이다. 허나 그 얼마나 대단한 분석 도구이던가! 우리는 비행기 덕분에 대지의 참모습을 볼 수 있다. 사실 수세기 동안 길은 우리를 속여 왔다. 우리는 백성들을 방문해 그들이 자신의 통치에 만족하는지 알고 싶어 하는 여왕과 닮아 있다. 신하들은 여왕을 속이기 위해 그녀가 행차하는 길을 멋지게 장식하고, 그 길 위에서 춤을 추라고 사람을 고용한다. 그래서 여왕은 그 길 밖으로는 자기 왕국의 그 무엇도 보지 못하고, 넓은 들판에서 굶주림으로 죽어 가는 백성들이 그녀에게 저주를 퍼붓고 있다는 사실을 전혀 알지 못한다.

그렇게 우리는 구불구불한 길들을 따라 앞으로 나아간다. 그 길들은 척박한 땅, 바위, 사막을 피해 뻗어 있으며, 인간의 욕구에 들어맞도록 이 샘에서 저 샘으로 흐른다. 길은 농부를 헛간에서 밀밭으로 데려가기도 하고, 아직 잠이 덜 깬 가축들을 외양간 입구에서 받아 새벽의 개자리밭에 풀어놓기도 한다. 길은 이 마을과 저 마을을 이어 준다. 이 마을에서 저 마을로 시집장가들을 가니까. 어떤 길 하나가 위협을 무릅쓰고 사막을 건너간다 해도, 그 길은 오아시스를 즐기기 위해 스무 번쯤은 돌고 돌아간다.

그런 너그러운 거짓말과 같은 수많은 굴곡에 속은 우리는 여행하는 동안 비옥한 땅, 과수원과 목초지들을 지나왔고, 그렇기에 오랫동안 우리의 감옥에 대한 이미지를 미화해 왔다. 우리는 이 지구를 축축하고 부드러운 땅이라고 믿어 왔다.

하지만 우리는 가혹할 만큼 발전했고, 우리의 눈은 날카로워졌다. 비행기를 통해 우리는 직선을 배웠다. 이륙하자마자 우리는 샘터와 외양간 쪽으로 향하는 길, 이 도시에서 저 도시로 굽이굽이 이어지는 길들을 버린다. 그토록 사랑했던 예속 상태에서 벗어나, 샘물에 대한 욕구에서 벗어나, 이제 우리는 멀리 떨어져 있는 목적지로 기수를 돌린다. 그리고 우리는 비로소 직선 항로 위에서 대지의 근본적 기반을 이루는 암석과 모래와 소금으로 이루어진 지층을 발견하게 된다. 이따금 그곳에서 생명은 폐허의 틈 속에서 자란 이끼처럼 위험을 무릅쓰고 여기저기 꽃을 피우기도 한다.

이제 물리학자, 생물학자로 변한 우리는 깊은 골짜기를 아름답게 장식하는 문명들, 때로는 기후의 혜택을 받고 기적적으로 활짝 피어나 흡사 국립공원처럼 보이는 문명들을 관찰한다. 이제 우리는 우주적인 차원에서 인간을 판단하고, 마치 실험 도구를 통해 자세히 들여다보듯 비행기의 둥근 창을 통해 인간을 자세히 관찰한다. 이제 우리는 우리의 역사를 다시 읽는다.

2

마젤란 해협으로 향하는 조종사는 리오갈레고스의 약간 남쪽 위, 과거 용암이 분출되었던 지역 상공을 날게 된다. 두께 20미터에 달하는 용암의 잔재가 평원을 지배하고 있는 곳이다. 그런 다음, 조종사는 두 번째 그리고 세 번째 용암이 분출한 흔적을 연달아 만난다. 그때부터는 땅이 솟아오른 200미터 높이의 동산 꼭대기를 지날 때마다 산허리에 자리 잡은 분화구를 보게 된다. 이들은 오만한 베수비오 화산과는 전혀 다르며, 마치 평원에 놓인 화포들의 화구火口와 같다.

그러나 지금은 정적만이 감돈다. 과거 천여 개의 화산이 지하의 거대한 오르간처럼 저마다 불을 토해 내며 서로 화답하던 풍경은 이제 침묵에 빠져들었고, 그 변화가 놀라울 뿐이다. 이제 우리는 검은 빙하로 장식된 침묵의 대지 위를 날고 있다.

하지만 조금 더 가면, 더 오래된 화산들은 이미 황금빛 잔디 옷을 입고 있다. 낡은 화분에서 꽃 한 송이가 피듯 때로는 황무지에서 나무가 자라기도 한다. 황혼의 빛깔을 띤 평원은 키 작은 풀들이 자라 세련된 공원처럼 변했고, 커다란 분화구들 주변만 볼록하게 솟아올랐다. 산토끼 한 마리가 깡충거리며 도망을 치고, 새 한 마리가 날아가고, 생명이 새로운 행성을 차지했다. 대지의 기름진흙 반죽이 비로소 내려앉은 그 별을.

마침내 푼타아레나스 조금 못 미친 곳에 다다르면 마지막 분화구들이 가득 솟아 있는 모습이 보인다. 고른 잔디가 화산들의 굴곡을 따라 덮여 있다. 이제는 그 화산들도 다정하기만 하다. 갈라진 틈 하나하나가 부드러운 아마포로 메워져 있다. 대지는 매끄럽고, 경사는 완만하고, 사람들은 그 기원을 잊어버린다. 저 잔디가 산 중턱에 난 어두운 흔적을 지운다.

그리고 이제 여기 세계 최남단의 도시가 있다. 원시 용암과 남극의 빙산 사이로, 약간의 진흙에 의해 우연히 생긴 도시. 시커먼 분화구와 이렇게 가깝다니, 인간의 기적을 정말 생생하게 느낄 수 있다! 이 얼마나 이상한 만남인가! 인간이라는 여행자가 어떤 방법으로 그리고 어떤 이유로 이 준비된 정원, 사람이 살 수 있게 된 정원을 방문하게 되었는지 아무도 모른다. 그것도 이토록 짧은 시간, 지질학상의 한순간, 수많은 날들 중 축복받은 하루, 바로 그때에 말이다.

나는 포근한 저녁에 착륙했다. 푼타아레나스! 나는 샘에 몸을 기대고, 젊은 아가씨들을 바라본다. 그들의 우아한 자태를 지척에서 바라보니, 인간의 신비가 더 생생하게 느껴진다. 생명과 생명이 헤어졌다가도 다시 만나고, 바람이 부는 곳에서조차 꽃과 꽃이 뒤섞이고, 백조는 다른 모든 백조를 알아보는 세상에서 인간들만이 자신의 고독을 쌓는다.

인간들의 정신과 정신 그 사이에 존재하는 공간이란 대체 무엇인가! 젊은 아가씨의 꿈이 내게서 멀어지고 있는데, 어떻게 하면 꿈속에서 다시 만날 수 있을까? 느린 걸음으로 집으로 돌아가는 한 아가씨, 벌써 꾸며 낸 이야기들과 귀여운 거짓말들이 머리에 가득한 채, 눈을 내리깔고 미소 짓는 그 아가씨에 대해 무엇을 알 수 있단 말인가? 그녀는 연인에 대한 생각, 그의 목소리, 그의 침묵으로 하나의 왕국을 만들 수도 있었다. 그때부터 그녀에게 연인을 제외한 모든 사람들은 다 야만인일 뿐이다. 나는 그녀가 다른 별에 있다기보다 자신의 비밀 속에, 관습들 속에, 기억을 노래하는 메아리들 속에 갇혀 있다는 느낌을 받는다. 화산들에서, 잔디들에서 혹은 바다의 소금물에서 어제 막 태어난 그녀가 벌써 절반은 신의 모습을 하고 여기 있다.

푼타아레나스! 나는 샘에 몸을 기댄다. 노파들이 물을 길러 온다. 내가 그녀들의 인생극에 대해 알아낼 수 있는 건 하녀와도 같은 그 움직임뿐이다. 아이 하나가 목덜미를 벽에 기대고 조용히 울고 있다. 그 아이는 내 기억 속에 영원히 달랠 수 없는 귀여운 아이로만 남을 것이다. 나는 이방인이다. 나는 아무것도 알지 못한다. 나는 그들의 제국 속으로 들어가지 못한다.

인간의 증오, 우정, 기쁨이라는 그 거대한 유희는 이 얼마나 보잘것없는 무대 위에서 펼쳐지는가! 미처 다 식지 않은 용암 위에 서 있고, 훗날 닥쳐올 모래와 눈으로부터 위협받으면서도, 인간은 대체 어디서 영원에 대한 취향을 끌어오는 것일까? 인간의 문명이란 벗겨지기 쉬운 도금일 뿐이다. 화산 하나, 새로운 바다, 모래 바람이면 금세 사라져 버린다.

이 도시는 보스 지방*처럼 땅속 깊숙이까지 비옥한 토양 위에 지어진 듯 보인다. 그래서 다른 곳과 마찬가지로 이곳에서 생명이란 하나의 사치이며, 인간의 발밑으로 끝없이 내려가면 결국 땅은 어디에도 없다는 사실을 잊어버리게 된다. 하지만 나는 알고 있다. 푼타아레나스에서 10킬로미터 떨어진 곳에 우리에게 이 사실을 증명해 주는 연못이 하나 있다는 것을. 왜소한 나무들과 낮은 집들에 둘러싸여 있고, 언뜻 농장 마당의 보잘것없는 웅덩이처럼 보이는 그 연못에는 신비하게도 밀물과 썰물이 있다. 갈대밭과 뛰노는 아이들, 이런 수많은 평온한 현실들 사이에서, 연못은 낮이고 밤이고 느린 호흡을 이어 가면서 또 다른 법칙을 따르고 있다. 망가진 배 한 척 아래, 단단히 얼어 버린 빙판 아래, 잔잔한 수면 아래에서 달의 에너지가 작용하고 있는 것이다. 심해에서 일어난 바다의 소용돌이가 이 검은 덩어리를 움직인다. 풀과 꽃이 자라는 얇은 지층 아래에서 일어나는 그 기묘한 소화 작용은 연못 주변에서 마젤란 해협까지 이어진다. 인간들이 대지 위에 훌륭하게 지어 놓은 자기 집이라고 믿는 이 도시, 그 문턱에 위치한 폭 100미터의 늪에선 바다의 맥박이 뛰고 있다.

3

우리는 떠돌이별에서 살고 있다. 비행기 덕분에 가끔 우리는 그

---

* 프랑스의 곡창 지대.

별의 기원을 본다. 달과 관계된 연못이 숨은 연결 고리들을 드러내듯이. 그리고 나는 다른 징후들도 알게 되었다.

이따금 쥐비곶과 시스네로스 사이의 사하라 사막 상공을 비행하다 보면, 수백 보에서 30여 킬로미터에 이르기까지 각기 다른 너비를 가진 원뿔형의 암벽들을 만나게 된다. 놀랍게도 이들의 높이는 모두 300미터로 일정하다. 그런데 높이만이 아니라 동일한 색깔, 동일한 알갱이에, 깎아지른 모양 또한 비슷하다. 사막에 홀로 솟은 신전의 기둥들이 무너진 단의 흔적들을 아직까지 보여 주는 것처럼, 그 고독한 기둥들 역시 예전에는 이곳이 하나로 연결된 거대한 고원 지대였음을 증명한다.

카사블랑카-다카르 항로 개척 초기, 그러니까 기체가 튼튼하지 못했던 시절, 우리는 자주 고장으로 인해 혹은 수색과 구조 작업을 위해 반군 지역에 불시착해야만 했다. 설상가상으로 사막은 우리들을 기만했다. 단단하다고 믿었다간 모래 속에 파묻히기 십상이었다. 아스팔트처럼 단단해 보이고, 발뒤꿈치 밑에서 둔탁한 소리를 내던 오래된 암염층도 때로는 바퀴 무게에 눌려 내려앉았다. 하얀 암염층이 깨지게 되면 검은 늪의 악취가 올라왔다. 그래서 상황이 허락된다면 우리는 암벽 위 평평한 지면을 택하곤 했다. 그들은 절대 함정을 숨겨 놓지 않으니까.

이렇게 신뢰할 수 있는 건, 그 암벽들이 잘게 부서진 조개껍데기들이 엄청나게 쌓여 형성된 굵은 입자를 가진 단단한 퇴적물이었기 때문이다. 위쪽에선 여전히 본래 모습을 간직하고 있지만, 능선을 따라 내려옴에 따라 가루가 되어 응집된 입자들만이 보였다. 암벽 아래 가장 오래된 퇴적층 속 알갱이들은 이미 순수한 석회암이 되어 있었다.

동료인 렌느와 세르가 반군에게 포로로 잡혀 있던 때, 나는 무어인 전령을 내려 주러 왔다가 이 피난처들 중 한 곳에 착륙했다. 그리고 그곳을 뜨기 전, 나와 무어인은 혹시 내려갈 수 있는 길이 있는지 찾아보았다. 하지만 우리가 서 있는 곳은 사방이 모두 심연으로 떨어지는, 천처럼 주름이 잡힌 수직 절벽 위였다. 탈출은 불가능했다.

그런데도 나는 다른 착륙 지점을 찾아 다시 떠나기 전, 거기서 잠시 꾸물거렸다. 나는 동물이든 인간이든 그 누구에 의해서도 단 한 번도 더럽혀진 적이 없는 땅에 내 발자국을 남기는 행위에 대해 어쩌면 어린애 같은 기쁨을 느낀 건지도 모르겠다. 그 어떤 무어인도 이 요새를 감히 공격할 수 없었으리라. 또, 그 어떤 유럽인도 이 땅을 탐험한 적이 없었으리라. 나는 한없이 순결한 사막을 성큼성큼 걷고 있었다. 나는 이 조개껍데기 가루들을 귀중한 금인 것처럼 한 손에서 다른 손으로 흘러내리게 한 첫 번째 인간이었다. 그 정적을 깨트린 첫 번째 인간이었다. 태곳적부터 풀 한 포기난 적 없었던 극지방의 빙산과 같은 곳에서, 나는 바람에 실려 온 한 톨의 씨앗과 같은, 생명의 첫 번째 증인이었다.

벌써 별 하나가 빛나고 있었고, 나는 그 별을 바라보았다. 이 새하얀 지면은 수십만 년 전부터 오직 별들에게만 바쳐져 왔다는 생각이 들었다. 맑은 하늘 아래 얼룩 하나 없이 펼쳐진 테이블보. 그 테이블보 위에 서서, 내게서 15 내지 20미터 떨어진 곳에 있는 검은 조약돌 하나를 발견한 순간, 나는 마치 위대한 발견이라도 한 것처럼 가슴이 벅차올랐다.

나는 300미터 높이의 조개더미 위에 있었다. 거대한 지층 전체가 마치 결백한 증거처럼 돌 하나의 존재도 인정하지 않고 있었다. 지구의 느긋한 소화 과정에서 생겨난 규석들이 어쩌면 땅속 깊은 곳에서 잠을 자고 있을지도 모르겠다. 하지만 대체 어떤 기적이 그것들 중 하나를 이토록 새로운 지면으로 올려 보낼 수 있단 말인가? 나는 떨리는 가슴을 안고 내가 발견한 물체를 주워 들었다. 단단하고 까맣고 주먹만 한 크기의, 금속처럼 무게감이 있는 눈물 모양의 조약돌이었다.

사과나무 아래 펼쳐진 테이블보에는 오직 사과만 떨어지고, 별 아래 펼쳐진 테이블보에는 오직 별 가루만 떨어진다. 그 어떤 운석도 이토록 분명하게 자신의 태생을 보여 준 적은 없었다.

나는 아주 자연스럽게 고개를 들며 생각했다. 하늘에 있는 사과나무에서 다른 열매들도 떨어졌을 거라고. 나는 열매들을 떨어진 바로 그 자리에서 찾아낼 수 있으리라. 왜냐하면 수십만 년 전에 떨어졌다 해도 아무도 그것들을 건드리지 못했을 테니까. 또한 다른 물질들과 전혀 섞일 수 없었을 테니까. 그리고 나는 나의 가설을 입증하기 위해 즉시 탐사에 나섰다.

곧 나의 가설은 입증되었다. 1헥타르 당 하나 꼴로 조약돌을 발견했고, 그 돌들을 주워 담았다. 하나같이 용암으로 빚어진 모양이었고, 하나같이 검은 다이아몬드처럼 단단했다. 그렇게 나는 별의 우량계가 된 그곳에서, 경이로울 만큼 압축된 형태로, 한 방울

．

두 방울 느리게 떨어지는 불덩이의 소나기를 목도하고 있었다.

4

하지만 가장 경이로운 것은 거기에, 자성磁性을 띤 이 테이블보와 별들 사이, 지구의 볼록한 등 위에 서 있는 인간의 의식이었다. 그 의식에 의해 비처럼 쏟아지는 별들은 거울 속에서처럼 반사될 수 있었다. 광물층 위에서 꿈은 하나의 기적이다. 그리고 꿈 하나가 기억난다…….

모래가 두껍게 덮인 사막 지대에 또 한 번 불시착했던 그 어느날, 나는 날이 밝기를 기다리고 있었다. 달빛은 황금빛 모래 언덕들에게 빛나는 경사면을 선물했고, 그늘진 경사면은 빛과 어둠의 경계선까지 솟아올랐다. 달빛과 그림자가 공존하는 텅 빈 작업장에는 작업이 끝난 뒤의 평온함과 함정이 도사린 침묵이 흘렀고, 나는 그 한복판에서 잠이 들었다.

잠에서 깼을 때, 눈앞에는 온통 연못 같은 밤하늘뿐이었다. 양팔을 좌우로 벌린 채 경사면 위에 눕는 바람에 별들을 풀어놓은 수조를 정면으로 마주하게 된 것이다. 미처 그 깊이가 얼마나 되는지 헤아리지 못해 나는 현기증이 났다. 저 심연과 나 사이에는 나를 붙들어 줄 나무뿌리 하나, 지붕 하나, 나뭇가지 하나 없었기에, 내 몸은 이미 떨어져 나가 잠수부처럼 입수를 위한 낙하를 시작했다.

그러나 나는 낙하하지 않았다. 머리끝부터 발끝까지 땅에 묶여 있는 내 자신을 발견했다. 나는 일종의 안도감을 느끼며 대지에 몸을 내맡겼다. 마치 사랑처럼, 중력은 내 앞에 절대 권력의 모습으로 나타났다.

대지가 내 허리를 떠받치고, 나를 지탱하고, 나를 들어 올려 밤의 공간으로 데려간다고 느꼈다. 커브를 돌 때 몸이 차체에 쏠리는 이유인 그 힘으로 내 몸이 지구에 붙어 있음을 알고, 놀랍도록 가파른 경사면에서 듬직함과 안전함을 맛보았으며, 내 몸뚱이 밑으로 내가 탄 배의 곡선형 갑판을 느낄 수 있었다.

실려 가고 있다는 의식이 너무나 강했으므로, 설령 대지의 밑바닥에서 끈질기게 재배열되는 물질들의 신음 소리가 들려왔대도 놀라지 않았을 것이다. 그 탄식은 항구로 들어오는 낡은 범선들의 삐걱거림, 역풍을 맞은 거룻배들의 길고 날카로운 비명 소리와 같았으리라. 하지만 두터운 대지에선 침묵만이 계속되었다. 내 양어깨가 사이좋게 떠받친 그 침묵의 무게는 영원히 균형을 이룰 것이다. 납덩이를 매단 채 던져진 갤리선 노예의 시신이 바다 밑바닥에 영원히 가라앉아 있듯이, 나는 그렇게 이 땅에 머물고 있었다.

그리고 나는 사막에서 길을 잃고 위험에 처해 있는 내 처지, 사막과 별들 사이에서 벌거벗은 채, 극도의 정적으로 인해 내 삶의 중심축으로부터 멀어진 상황에 대해 깊이 생각해 보았다. 만일 그어떤 비행기도 나를 찾지 못한다면, 당장 내일 무어인들이 나를 죽이지 않는다면, 그 중심축으로 돌아가기 위해 여러 날, 여러 주, 여러 달이 걸릴 거라는 걸 알았다. 이곳에서 내가 가진 거라곤 아무것도 없었다. 나는 그저 사막과 별들 사이에서 길을 잃은 한 명의 인간, 숨 쉬고 있다는 달콤함만을 의식하고 있는 필멸자에 지나지 않았다……

그러는 동안 나는 내 안에서 수많은 꿈들을 발견했다.

꿈들은 샘물처럼 소리 없이 내게 다가왔기에, 처음엔 나를 사로잡은 달콤함을 이해하지 못했다. 목소리도 영상도 전혀 없이 다만 어떤 존재, 아주 가까우면서 이미 반쯤은 짐작할 수 있는 우정 같은 것이 느껴졌다. 이내 나는 그 느낌을 이해했고, 눈을 감은 채 기억의 마법에 내 자신을 맡겼다.

그 어딘가, 검은 전나무와 보리수가 우거진 공원과 내가 사랑하던 낡은 집이 있었다. 그 집이 멀리 있건 가까이에 있건 그건 중요하지 않았다. 여기서는 꿈의 역할만 하고 있을 뿐이기에, 그곳에서 내 몸을 따뜻하게 녹일 수도 몸을 피할 수도 없다 해도 전혀 상관없었다. 나의 밤을 채워 주기 위해 거기 존재하기만 하면 그걸로 충분했다. 나는 더 이상 모래 언덕 위에 불시착한 인간이 아니었다. 나는 내 자리를 알고 있었다. 나는 그 집에 살던 아이였다. 그 집의 냄새에 대한 수많은 기억들과, 현관의 신선한 공기와, 활기를 불어넣는 목소리들로 가득한 그런 아이였다. 늪에 사는 개구리 울음소리까지 나를 따라 이곳에 왔다. 나 자신을 알기 위해, 무엇이 부재함으로써 이 사막의 양식이 만들어졌는지 알기 위해, 개구리들조차 울음을 멈춘 이 천 개의 침묵에 어떤 의미가 있는지 알기 위해, 내게는 천 개의 지표가 필요했다.

아니, 이제 나는 모래와 별들 사이에 있지 않았다. 나는 그 풍경으로부터 냉담한 메시지밖에 받지 못했다. 그 메시지에서 얻을 수 있으리라 믿었던 영원성이라는 감각마저도 이제야 그 기원을 알게 되었다. 내 눈에 다시 그 집에 있던 화려하고 큰 장롱들이 보였다. 반쯤 열린 문틈 사이로 눈처럼 새하얀 침대 시트 더미와, 눈처럼 윤이 나는 가재도구들이 보였다. 늙은 하녀는 이 장롱에서 저 장롱으로 생쥐처럼 종종걸음 치며 세탁한 시트들을 계속 확인하고, 그걸 폈다가 접었다가 다시 세곤 했다. 그리고 집의 영구성을 위협하는 훼손의 표시가 있을 때마다 "아이고, 하느님, 이를 어째!"하고 소리를 질렀다. 그리고 그 즉시 달려가 등불 아래서 눈을 혹사해 가며 제단보 같기도 하고, 거대한 범선의 돛 같기도 한 그 시트들을 수선하고 기워 대면서 정체는 알 수 없지만 그녀 자신보다 위대한 그 무엇, 신 혹은 배 한 척을 섬기는 듯했다.

아! 당신을 위해 한 페이지 적어 보겠다. 첫 비행에서 돌아왔을 때, 손에 바늘을 들고 무릎 높이까지 올라오는 하얀 시트의 너울거림 속에 파묻힌 당신을 보았다. 해마다 주름이 조금씩 늘고, 흰 머리가 점점 더 많아진 당신은 여전히 우리가 편히 잘 수 있도록 주름 없는 침대 시트를, 우리의 저녁식사를 위해 바느질 자국 없는 테이블보를, 파티를 위해 빛나는 크리스털 잔들을 준비하고 있었다. 나는 세탁실에 있는 당신을 찾아가 당신 맞은편에 앉아 내가 죽을 뻔했던 위기의 순간들에 대해 이야기해 주었다. 당신을 감동시키려고, 세상에 눈뜨게 해 주려고, 당신을 타락시키려고. 하지만 당신은 내가 변하지 않았다고 말했다. 아이였을 때부터 벌써 나는 셔츠에 구멍을 내곤 했다고. 아이고! 저걸 어째! 나는 무릎을 긁혔고 집으로 돌아와서는 붕대를 감아 달라 했다. 오늘밤처럼. 아니, 그게 아니라, 할멈! 내가 들어갔던 건 정원 안쪽이 아니라 세상의 끝이었고 고독의 쓰라린 냄새와 사막의 회오리바람과 열대 지방의 환한 달을 가져왔다고! 아무렴, 당신은 말했다. 남자애들은 뛰다가 뼈도 부러지고 그러는 거지. 자기들이 굉장히 강하다고 생각하거든. 아니, 아니라고, 할멈! 나는 그 공원보다 훨씬 더 먼 곳을 보았어. 공원의 나무 그늘 따윈 아무것도 아니라는 걸 할멈이 안다면! 그런 것들은 사막, 화강암층, 원시림, 늪지대 사이에선 눈에 띄지도 않을걸. 마주치면 소총을 들이대는 사람들이 사는 지역이 있다는 걸 할멈은 모르지? 얼어붙은 밤에 지붕도 침대도 시트도 없이 잠을 자야하는 그런 사막이 있다는 걸 할멈이 상상이라도 할 수 있다면…….

당신은 말했다.

"이런, 야만인들!"

교회 집사들의 신앙에 생채기 하나 낼 수 없듯이 나는 그녀의 믿음을 흔들지 못했다. 그래서 나는 눈멀고 귀먹은 그녀의 비천한 운명을 불쌍히 여기곤 했다…….

하지만 그날 밤, 사하라 사막에서 모래와 별 사이에 빈 몸으로 내버려진 나는 그녀가 옳았다는 것을 인정했다.

내 안에서 무슨 일이 벌어지고 있는지 나는 알지 못한다. 수많은 별들이 자성을 띠고 있지만 나는 중력 때문에 땅에 묶여 있다. 또 다른 중력이 나를 나 자신에게로 이끈다. 내 무게가 수많은 사물들로 나를 잡아끄는 것이 느껴진다! 내 꿈들을 저 모래 언덕보다, 저 달보다, 거기 있는 모든 존재들보다 더 사실적이다. 아! 집이 경이로운 건 당신을 보호해 주거나 몸을 따뜻하게 녹여 주기 때문이 절대 아니다. 우리가 그 벽들을 소유하고 있기 때문도 아니다. 그것은 다만 감미로운 저장물들이 하나둘씩 천천히 쌓여 왔기 때문이다. 마치 샘물처럼 꿈들이 솟아나는 그 막연한 덩어리를 가슴 깊은 곳에 만들어 주기 때문이다.

나의 사하라여, 나의 사하라여, 그대는 실을 잣는 여인에게 완전히 매혹당했구나!

5장
오아시스

사막에 관해서 이미 많은 이야기를 했고 앞으로도 남은 이야기가 있지만 그 전에 오아시스에 대해 자세히 말해 보려고 한다. 내가 지금 떠올린 건 사하라 사막 깊숙한 곳에 외따로 떨어져 있는 오아시스가 아니다. 비행기가 불러온 또 다른 기적은 그것이 당신을 신비의 한가운데로 곧장 빠뜨린다는 것이다. 당신은 비행기 유리창을 통해 인간들이 우글거리는 개미집을 연구하는 생물학도였고, 별 모양으로 펼쳐져 마치 동맥처럼 밭에 물을 대어 도시들을 먹여 살리는 도로들, 그리고 도로들 한복판 혹은 들판에 자리 잡은 마을들을 무미건조하게 바라보고 있었다. 하지만 압력계의 바늘 하나가 흔들리자 저 아래 있는 울창한 수풀은 하나의 우주가 되어 버렸다. 이제 당신은 잠들어 있는 공원 잔디밭의 포로다.

얼마나 멀리 떨어져 있는가는 단순히 거리로 가늠할 수 없다. 우리 집 정원 담벼락이 중국의 만리장성보다 더 많은 비밀을 간직하고 있을 수 있다. 사하라 사막의 오아시스들이 모래 두께에 의해 보호되는 것 이상으로 어린 소녀의 영혼이 침묵에 의해 더 잘 보호되기도 한다.

이 세상 어딘가에 잠시 착륙했던 때 이야기를 하려고 한다. 그곳은 아르헨티나 콩코르디아 부근이었지만, 다른 그 어디에서도 있을 수 있는 일이었다. 신비는 그렇게 도처에 흩어져 있다.

나는 어떤 들판에 착륙했다. 그때까지만 해도 동화 같은 경험을 하리라곤 상상도 하지 못했다. 나를 태웠던 그 낡은 포드 자동차도 특별한 점이라곤 하나도 없었다. 나를 맞아 주었던 온화한 부부도 마찬가지였다.

"오늘 밤은 저희 집에서 주무세요."

길모퉁이를 돌자 달빛 아래 작은 숲이 모습을 드러냈고, 나무들 너머에 그 집이 있었다. 얼마나 이상한 집이던지. 작고 투박한 집이었는데 거의 요새나 다름없었다. 수도원만큼 평화롭고, 전설 속 성채처럼 안전하고 든든해 보였다.

현관에 들어선 그때, 어린 소녀 둘이 나타났다. 금지된 왕국의 입구를 지키는 두 명의 재판관처럼 소녀들은 내 얼굴을 근엄하게 살폈다. 둘 중 더 어려 보이는 소녀가 입을 삐죽거리더니 초록색 나무 막대기로 바닥을 두드렸다. 곧장 각자 소개를 한 뒤, 한마디 말도 없이 묘하게 도전적인 태도로 내게 손을 내밀었다. 그러고는 사라져 버렸다.

나는 재미있기도 했고 그녀들에게 매료당하기도 했다. 그 모든 것이 비밀의 첫 단어처럼 단순했고 고요하며 은밀했다. 소녀들의 아버지가 말했다.

"이런! 이런! 버릇없는 녀석들."

그리고 우리는 함께 집으로 들어갔다.

파라과이 수도에는 도로의 포석들 사이로 삐죽이 자라는 풀이 있는데, 나는 그 얄미운 풀을 좋아했다. 그 풀은 눈에 보이지 않지만 분명 존재하는 원시림에서 인간들이 여전히 도시를 차지하고 있는지, 포석들을 살짝 뒤흔들어 놓을 때가 오지는 않았는지 살펴보고 있었다. 나는 너무도 엄청난 풍요만을 나타내는 그런 형태의 황폐함을 좋아했다. 바로 그런 이유로 이곳에서 나는 감탄했다.

왜냐하면 이곳은 세월이 흘러 다소 갈라지고 이끼로 뒤덮인 오래된 나무처럼, 세대를 걸쳐 연인들이 앉았던 나무 벤치처럼, 모든 게 홀딱 반할 만큼 황폐한 상태였기 때문이다. 내장재들은 낡았고, 문짝들은 쥐가 갉아먹은 것처럼 부식되어 있었으며, 의자들은 덜걱거렸다. 이 집 사람들을 아무것도 수리하지 않았지만, 대신 청소는 열정적으로 했다. 모든 게 깔끔하고 왁스로 잘 닦여 있어 윤이 났다.

거실은 주름이 쭈글쭈글한 노파의 얼굴처럼 극도로 쇠약한 모습을 하고 있었다. 금이 간 벽, 갈라진 천장, 그 모든 것에 감탄했다. 그리고 무엇보다 여기는 푹 꺼지고 저기는 구름다리처럼 흔들렸지만, 항시 니스 칠을 해서 윤이 나는 마룻바닥이 가장 마음에 들었다. 이 기묘한 집에서는 조금의 소홀함이나 태만함도 떠올릴 수 없었고, 오히려 이상하게도 어떤 경건한 마음이 배어 나왔다. 해가 갈수록 그 매력은 더해 가고, 외관은 더 혼잡해지고, 친숙한 분위기가 주는 열정은 커져 갔을 것이다. 한편으로는 거실에서 식당으로 가는 여행은 더욱더 험난해졌으리라.

"조심하세요!"

구멍이 있었다. 딱 보기에도 여차해서 빠졌다가는 다리가 부러질 것 같았다. 구멍이 난 건 그 누구의 책임도 아니었다. 그건 세월이 만들어 낸 작품이었다. 구멍은 아주 위대한 군주의 모습을 하고 있었다. 모든 변명을 무시하는 군주. 집주인은 "이 구멍들은 때우면 됩니다. 돈은 충분하거든요. 하지만……"이라고 말하지 않았다. 또, "이 집은 30년 계약으로 시 당국에서 빌린 거랍니다. 그러니 시에서 수리를 해 주는 게 맞는 건데 서로 고집을 부리다 보니……"라고도 하지 않았다. 설령 그것이 사실일지라도. 그들은 설명을 생략했다. 그런 여유가 나를 매료시켰다. 그냥 내게 이렇게 말했다.

"아! 조금 낡긴 했네요."

그마저도 목소리 톤이 너무 가벼워서 이들이 그런 일을 전혀 개의치 않는단 걸 짐작할 수 있었다. 어느 과거에 벽돌공, 목수, 가구 세공사, 미장이들이 자신들의 불경한 연장을 이곳에 늘어놓았다면, 겨우 일주일 만에 뚝딱 생전 처음 보는 집, 남의 집을 방문한 듯 낯설게 느껴지는 그런 집으로 뜯어고쳤을 광경이 눈에 선하지 않은가? 어떤 신비도, 비밀도, 발밑의 뚜껑 달린 문도, 지하 감옥도 없는 시청 응접실 같은 곳으로?

두 소녀가 비밀의 집에서 사라진 건 정말이지 자연스러운 일이었다. 거실이 이미 다락방 못지않게 풍요로웠는데 진짜 지붕 밑

다락방은 어떠하겠는가! 반쯤 열린 벽장문 사이로 누렇게 바랜 편지 다발과 증조부가 모은 영수증 뭉치들, 자물쇠 수보다 많지만 그 어떤 자물쇠에도 들어맞지 않는 수많은 열쇠들이 쏟아져 나올 것만 같았다. 사람의 이성을 혼란스럽게 만들고, 지하실과 땅속에 묻힌 금고와 옛 금화들을 꿈꾸게 만드는 저 놀랍도록 아무 쓸모가 없는 열쇠들이라니!

"자, 식사하러 가실까요?"

우리는 식탁에 앉았다. 나는 이 방에서 저 방으로 지나갈 때, 향을 피워 놓은 듯 풍겨 오는 낡은 서재의 냄새를 맡았다. 이 세상 그 어떤 향수보다 값어치 있는 그 향기를 들이마셨다. 그리고 무엇보다 나는 램프를 들고 왔다 갔다 하는 일이 좋았다. 내 어린 시절에 그랬던 것처럼 사람들은 무게가 나가는 진짜 램프를 들고 이 방에서 저 방으로 옮겨 다녔는데, 그럴 때면 벽에는 오묘한 그림자들이 아른대었다. 그 속에서 빛의 다발과 검은 종려나무 이파리들이 생겨났다. 이윽고 램프들이 제자리에 놓이면 빛으로 만든 해변들과 그 주위를 둘러싼 광활한 어둠도 더는 움직이지 않았고, 나무들만이 삐걱거릴 뿐이었다.

두 소녀는 사라졌을 때와 마찬가지로 신비롭게 그리고 조용히 다시 모습을 드러냈다. 소녀들은 근엄하게 식탁에 앉았다. 아마도 개와 새들에게 먹이를 주고, 밝은 달밤에 창문을 열어 놓고 저녁 바람에 실려 오는 풀 내음을 맡다 왔을 것이다. 이제는 냅킨을 펼치면서, 나를 자신들이 키우는 동물들에 포함시킬지 말지 판단하기 위해 나를 신중히 곁눈질하고 있었다. 왜냐하면 그녀들은 이미 이구아나, 몽구스, 여우, 원숭이, 꿀벌들을 키우고 있었기 때문이다. 모든 동물들이 뒤섞여 살면서도 놀랍도록 서로 잘 지내고 있었고, 새로운 낙원을 건설하고 있었다. 소녀들은 세상의 모든 동물들을 지배하고 있었다. 매혹적인 조그만 손으로 그들에게 먹이를 주고 물을 먹이고 이야기를 해 주면, 몽구스에서 꿀벌까지 모두들 그 이야기에 귀를 기울였다.

나는 그토록 발랄한 두 소녀가 비판 정신과 통찰력을 총동원해 자기들과 마주 보고 앉은 남자에 대해 신속하고도 은밀하게 최종적인 판결을 내릴 거라고 기대하고 있었다. 내가 어렸을 때, 내 누이들도 우리 집 식탁에 처음 자리한 손님에게 이런 식으로 점수를 매기곤 했으니까. 그러면 대화가 잠시 중단된 때 갑자기 침묵을 깨뜨리면서 "11점!"이라고 외쳤는데, 나와 누이들 말고는 그 누구도 그 재미를 알지 못했다.

이 장난을 겪어 봤기 때문에 나는 살짝 불안했다. 그리고 나는 그녀들이 무척 정통한 재판관들이란 것을 느꼈기에 더더욱 불편했다. 순진한 동물들과 속임수를 쓰는 동물들을 구별할 줄 알고, 여우의 발소리만 들어도 그의 기분이 좋은지 안 좋은지 읽을 줄 알며, 내면의 움직임을 파악하는 데도 깊은 조예를 가지고 있는 재판관들이었다.

나는 날카로운 눈과 올곧은 작은 영혼을 지닌 그 소녀들이 좋았다. 하지만 다른 놀이였다면 훨씬 좋았을 텐데. 비굴하게도 나는 "11점!" 소리가 무서워서 그들에게 소금통을 건넸고, 포도주도 따라 주었다. 하지만 고개를 들었을 때, 나는 재판관들의 부드러운 근엄함과 다시 마주하게 되었고, 결코 그들을 매수할 수 없다는 사실을 알게 되었다.

아첨을 떨어 봐야 소용없었다. 그들은 허영이란 걸 몰랐기 때문이다. 그것은 허영심이 아닌 자부심이었다. 소녀들은 내 도움 없이도 내가 감히 말하려고 했던 것보다 훨씬 더 좋게 스스로에 대해 생각하고 있었다. 감히 내 직업의 위신을 내세우려는 생각은 하지도 않았다. 왜냐하면 플라타너스 나무의 맨 꼭대기 가지까지 올라가려면 비행기 조종사 못지않은 대담함이 필요하기 때문이다. 심지어 그들은 단순히 아기 새들의 깃털이 잘 나고 있는지 확인하고, 그저 친구들에게 인사하기 위해서 그렇게 할 수 있었다.

말 없는 두 요정들은 여전히 내가 식사를 잘 하고 있는지 살폈다. 몰래몰래 훔쳐보는 그녀들의 시선과 계속해서 마주치는 바람에 나는 말을 멈춰야 했다. 침묵이 흘렀다. 그 순간 정적을 깨고 바닥에 있는 뭔가가 작은 휘파람 소리를 냈고, 식탁 밑에서 미미한 소음이 나더니 이내 그쳤다. 나는 호기심에 차 시선을 들었다. 그러자 자신들이 낸 시험지에 더없이 만족하면서도 마지막 시금석을 사용하려는 듯, 둘째 아이가 튼튼한 이로 빵을 뜯어먹으며 간단히 설명해 주었다. 내가 만일 그런 대답에 놀라는 야만인이라면 정신이 쏙 빠지길 바라는 천진난만함을 가지고.

"살무사예요."

그리고 만족스러운 듯 말을 멈추었다. 아주 바보가 아니면 누구라도 그 설명만으로 충분하다는 듯이. 그녀의 언니가 내 첫 반응을 보려고 재빨리 흘끗 쳐다보았다. 그러더니 둘 다 세상에서 가장 온순하고 천진한 얼굴을 하곤 접시로 고개를 숙였다.

"아! 살무사……"

내게서 이 말이 자연스럽게 튀어나왔다. 내 다리 사이로 미끄러지다가 장딴지를 스치고 지나간 그게 살무사였다니…….

정말 다행스럽게도 나는 미소를 지었다. 저절로 우러나온 미소라는 것을 소녀들도 느꼈을 것이다. 나는 즐거웠고, 정말이지 이 집에서의 매 순간이 마음에 들었기 때문에 웃음이 나왔다. 또 살무사에 대해서 더 많이 알고 싶다는 바람도 있었다. 언니가 나를 도와주었다.

"식탁 아래 구멍이 얘네 집이에요."

"밤 10시면 집에 돌아와요. 낮에는 사냥을 나가고요."

동생이 덧붙였다.

이번엔 내가 슬그머니 자매를 바라보았다. 그들의 통찰력하며, 온화한 얼굴 뒤의 소리 없는 웃음까지. 나는 그녀들이 가지고 있는 절대적인 능력에 감탄했다…….

오늘, 나는 꿈을 꾼다. 이 모든 것은 아주 오래전 일이다. 두 요정은 어떻게 되었을까? 아마 결혼했겠지. 그렇다면 변했을까? 어린 소녀에서 여자가 되는 것은 아주 중대한 일이니까. 그렇다면 새집에서 무엇을 하고 있을까? 무성한 잡초들과 뱀들과는 계속 잘 지내고 있을까? 그녀들은 무언가 우주적인 것과 뒤섞여 있었다. 하지만 언젠가 어린 소녀 안에 있던 여인이 깨어나는 순간이 온다. 그러면 마침내 19점을 주고 싶어진다. 19라는 숫자가 마음속 깊이 자리 잡는다. 그리고 바보 하나가 등장한다. 그토록 날카

롭던 눈이 처음으로 속아 넘어가, 그 바보를 아름다운 색으로 반짝반짝 빛나게 한다. 바보가 시를 읊는다면 시인인 줄 믿는다. 그가 구멍 뚫린 바닥도 이해하고, 몽구스도 좋아할 거라 믿는다. 식탁 밑의 살무사 한 마리가 그의 다리 사이로 몸을 흔들며 지나갔다는 믿음이 그를 기분 좋게 하리라 믿는다. 야생의 정원 같은 자신의 마음을 잘 가꿔진 공원만 좋아하는 그 바보에게 준다. 결국 바보는 공주를 데려가 노예로 만들어 버린다.

6장
사막에서

1

사하라 정기 노선의 조종사인 우리가 수 주, 수개월, 수년 동안 사막에 매인 몸이 되어 돌아가지도 못하고 이 참호에서 저 참호로 비행하는 동안, 우리에게 이런 감미로움은 금지되어 있었다. 사하라 사막에서 그런 오아시스는 절대 찾아볼 수 없다. 정원들과 아가씨들이라니, 가히 전설 같은 이야기였다! 물론 저 멀리, 일을 끝내고 돌아가 다시 살아갈 그곳에는 수많은 아가씨들이 우리를 기다리고 있었다. 분명 그곳에선 소녀들이 몽구스들 혹은 책들 틈에서 참을성 있게 흥미로운 영혼을 키워 나가고 있었다. 당연하게도 그녀들은 날로 아름다워지고 있었다…….

하지만 나는 고독을 안다. 사막에서의 3년은 내게 고독의 맛을 알려 주었다. 거기서는 광물계의 풍경 속에서 소모되는 젊음이 조금도 두렵지 않다. 오히려 자신에게서 멀리 떨어져 있는 온 세상이 늙어 가는 것 같았다. 나무에서는 열매가 열렸고, 땅에서는 밀이 났고, 여인들은 이미 아름다웠다. 이렇게 계절이 지나니 서둘러 돌아가야 할 텐데……. 하지만 계절이 지나도 우리는 먼 곳에 붙잡혀 있다……. 그리고 이 땅의 재화들은 모래 언덕의 고운 모래알처럼 손가락 사이로 빠져나간다.

일반적으로 인간들은 시간의 흐름을 느끼지 못한다. 그들은 일시적인 평온함 속에서 살아간다. 하지만 우리는 기항지에 도달한 뒤, 사시사철 부는 무역풍이 우리를 짓누를 때면 시간의 흐름을 느끼곤 했다. 우리는 덜컹거리는 차축 소리 가득한 밤의 급행열차를 탄 승객과 같다. 차창 너머에서 반짝하고 스러지는 한 줌 불빛에 기대어 들판과 마을들, 매력적인 지역들이 지나가는 것을 보지만, 여행 중이기에 그 무엇도 붙잡을 수는 없다. 우리들 역시 미열에 들떠 있었고, 귀에서는 여전히 비행기 소리가 윙윙거려서 기항지가 조용한데도 마치 비행 중인 것처럼 느끼곤 했다. 우리들 역시 불어오는 바람의 상념을 통해 알지 못하는 미래를 향해 실려가고 있음을, 두근대는 심장 박동으로 알 수 있었다.

반군들까지 사막에 가세했다. 쥐비곶의 밤은 마치 종이 울리는 괘종시계처럼 15분 단위로 쪼개졌다. 보초병들은 규정에 따라 차례대로 고함을 지르며 서로에게 위험을 경고했다. 반군 지역 내에 외따로 떨어져 있는 쥐비곶의 스페인 요새는 정체를 드러내지 않는 위협에 맞서 그렇게 자신을 지키고 있었다. 그리고 이 눈먼 선박의 탑승객인 우리는 점점 커져 가는 그 외침들, 머리 위에서 바닷새처럼 포물선을 그리는 그 점호 소리를 들었다.

그럼에도 우리는 사막을 사랑했다.

사막이 언뜻 텅 비어 있고 적막해 보이기만 한다면, 그건 하룻밤 연인들에게는 본모습을 드러내지 않기 때문이다. 우리가 사는 고장에 있는 아담한 마을조차도 은밀하게 저 자신을 감추고 있다. 우리가 그 마을을 위해 세상의 나머지 부분을 포기하지 않는다면, 그곳의 전통과 관습과 갈등 속으로 들어가지 않는다면, 누군가에게는 고향이 되는 그 마을에 대해 아무것도 알아낼 수 없을 것이다. 또한 우리와 아주 가까운 곳에 있는 사람일지라도, 그가 자신의 수도원에 갇혀 우리는 모르는 규칙에 따라 살아간다면, 그는 그야말로 티베트에서나 느낄 수 있는 고독 속으로 들어간 것이며, 어떤 비행기도 우리를 태워다 줄 수 없는 외딴곳으로 들어간 것이다. 그렇다면 우리가 뭐하러 그의 독방에 들어간단 말인가! 거긴 텅 비어 있는데. 인간의 제국은 내면에 있다. 그러므로 사막은 모래로, 투아레그족으로, 소총으로 무장한 무어인으로 이루어진 것이 아니다……

마침내 오늘에서야 우리는 목마름을 느꼈다. 그리하여 우리가 흔히 알던 그 우물이 자신의 영역에서 환히 빛나고 있음을 비로소 알게 되었다. 보이지 않는 여인 한 명이 그런 식으로 집안 전체에 기쁨을 가져다줄 수 있다. 우물도 사랑처럼 멀리 퍼져 나간다.

사막은 처음에는 공허하다. 하지만 반군의 습격을 두려워하며 그들이 두른 커다란 망토의 주름을 모래 위에서 읽어 내는 날이 온다. 반군 세력마저도 사막을 변화시킨다.

우리는 게임의 규칙을 받아들였고, 게임은 우리를 자신의 형상에 따라 빚어 간다. 사하라가 모습을 드러내는 곳은 우리의 내면이다. 사막에 간다는 것은 오아시스를 찾아다니는 것이 아니라, 샘을 우리의 종교로 삼는 것이다.

2

첫 비행부터 나는 사막을 맛보았다. 리귀엘과 기요메와 나 이렇게 우리 셋은 누악쇼트 초소 근처에 불시착했다. 모리타니의 이 작은 초소는 바다 한가운데 있는 외딴섬처럼 살아 있는 모든 것으로부터 고립되어 있었다. 나이 든 하사 한 명이 열댓 명의 세네갈 사람들과 함께 이곳에 갇혀 살고 있었다. 그는 우리가 하늘에서 보낸 사자라도 되는 양 환대해 주었다.

"아! 여러분과 말을 할 수 있다니 감개가 무량합니다……. 아! 정말 감격스러워요!"

감격한 나머지 그는 눈물을 흘렸다.

"여섯 달 만에 찾아온 손님이거든요. 6개월에 한 번씩 보급품을 받는데 어떤 때는 중위님이 오고, 또 어떤 때는 대위님이 옵니다. 최근에는 대위님이 오셨지요."

우리는 여전히 멍한 기분이었다. 점심 식사 준비가 한창이었던 다카르로부터 겨우 2시간을 날아왔는데, 연결봉이 파열되는 바람에 운명이 바뀐 것이었다. 눈물 흘리는 늙은 하사한테는 우리가 유령이나 마찬가지였다.

"자! 드시죠. 포도주를 대접할 수 있어 얼마나 기쁜지 모릅니다! 생각해 보세요! 대위님이 오셨을 땐 포도주가 없었거든요."

나는 이 이야기를 어느 책에 쓴 적이 있는데, 전혀 꾸며 낸 일화가 아니었다. 그는 우리에게 이렇게 말했다.

"지난번엔 건배도 못 했다니까요……. 얼마나 부끄럽던지 전근 신청까지 했었지요."

건배! 땀을 뻘뻘 흘리며 낙타에서 내리는 사람과 잔을 크게 부딪히며 하는 건배! 그는 바로 그 순간을 위해 여섯 달을 살아왔던 것이다. 한 달 전부터 무기를 닦아 윤을 내고, 지하 창고부터 지붕 밑에 이르기까지 초소를 깨끗이 청소했다. 그리고 며칠 전부터는 축복의 날이 다가옴을 느끼고, 망루 위에 올라가 지칠 줄 모르고 지평선을 바라보았다. 아타르의 기동 소대가 나타나며 뿌옇게 먼지가 일어나는 걸 보려고…….

그런데 하필 포도주가 동나 축제를 벌일 수 없던 것이다. 건배도 하지 못했다. 그래서 그는 부끄러웠다…….

"대위님이 빨리 오셨으면 좋겠네요. 정말 기대가 됩니다……."

"하사, 대위는 어디에 있지?"

그러자 하사는 사막을 가리키며 이러는 것이다.

"모르죠. 대위님은 여기저기 다니시니까요!"

초소의 망루에서 별 이야기를 하며 보낸 그날 밤도 실제 있었던 일이다. 별 외에는 달리 볼 것이 없었다. 별들은 비행기에서 봤을 때처럼 하늘을 가득 채우고 있었지만 훨씬 안정적이었다.

비행기를 타고 갈 때, 밤이 너무도 아름다울 때면 우리는 조종을 멈추고 비행기가 알아서 날도록 놔두는데, 그러면 비행기가 점점 왼쪽으로 기울어진다. 수평을 유지하며 날고 있다고 생각했는데, 오른쪽 날개 아래로 마을 하나가 보인다. 사막에는 마을이 전혀 없으니 바다 위에 떠 있는 고기잡이 배들이겠지. 하지만 사하라 사막 가운데 고기잡이배들이 있을 리 없다. 그렇다면? 그제야 잘못 봤다며 웃고는 비행기의 위치를 천천히 바로잡는다. 그러면 마을도 제자리로 돌아온다. 떨어뜨렸던 별들도 다시 제자리에 걸어놓는다. 그럼 대체 마을은? 그렇다. 그건 별들의 마을이었다. 하지만 망루 꼭대기에서 보면 그것은 그저 얼어붙은 사막, 움직이지 않는 모래 물결에 지나지 않는다. 제자리에 잘 걸려 있는 별자리들. 그리고 하사는 우리에게 별자리에 대해 이렇게 말해 주었다.

"자! 제가 방향을 좀 압니다……. 저 별로 기수를 돌리면 튀니스로 바로 가죠!"

"튀니스 출신인가?"

"아뇨, 제 사촌 누이가 거기 출신입니다."

그는 오래도록 말이 없었다. 하지만 하사는 우리에게 감히 그 무엇도 숨기지 못했다.

"언젠가 튀니스에 갈 겁니다."

물론이다. 하지만 그 별을 향해 일직선으로 나아가는 대신 다른 길로 돌아갈 것이다. 길을 떠난 어느 날, 바싹 말라 버린 우물 때문에 그가 정신 착란의 시를 읊어 대지 않는다면 말이다. 그러면 별과 사촌 누이와 튀니스가 뒤섞여 버릴 테니까. 그러면 세속인들의 눈에는 고통스럽게 여겨질, 계시를 받고 떠나는 행진이 시작될 것이다.

"일전에 제 사촌 누이 때문에 대위님께 튀니스 통행증을 부탁드렸었지요. 그랬더니 하시는 말씀이 글쎄…….'

"뭐라고 하던가?"

"저한테 그러시더라고요. '세상에 사촌 여동생은 차고 넘친다네.' 그리고 튀니스보다 가까운 다카르로 절 보내 주셨습니다."

"사촌 누이는 예쁜가?"

"튀니스에 있는 애요? 예쁘고말고요. 금발이었는걸요."

"아니, 다카르 동생."

하사, 약간의 분노가 섞인 우울한 그대의 대답에 우리는 당신을 끌어안을 뻔했다.

"그 애는 흑인이었어요……."

하사, 자네에게 사하라 사막은 무엇이었을까? 그것은 자네를 향해 끝없이 걸어오는 신이었으며, 5,000킬로미터의 모래 너머에 있는 금발 사촌 누이의 다정함이기도 했다.

우리에게 사막은 무엇이었을까? 그것은 우리 내면에서 태어나는 어떤 것이었다. 우리가 우리 자신에 대해 배우는 무엇. 그날 밤, 우리도 어느 사촌 누이와 어느 대위와 사랑에 빠졌다…….

3

반란군 지역의 경계에 위치한 포르에티엔은 도시가 아니다. 그곳에는 보루 하나, 격납고 하나, 우리 회사 승무원들을 위한 나무로 지은 막사가 하나 있다. 주변이 온통 사막인지라 군수품이 적은데도 포르에티엔은 난공불락이나 마찬가지다. 이곳을 공격하려면 모래와 불의 지대를 통과해야 하는데, 그러려면 반군들도 체력을 소진하고 비축한 물을 소모해야 올 수가 있었다. 그렇지만 사람들의 기억 속에는 북쪽 어딘가에 항상 포르에티엔을 향해 걸어오는 반군 부대가 있었다. 사령관은 우리 숙소에 차를 한잔하러올 때마다, 마치 아름다운 공주에 얽힌 전설이라도 이야기하듯 지도 위에 반군들의 행군 경로를 표시했다. 하지만 이들은 강물처럼 모래에 의해 말라붙어 이곳까지 도달하는 일이 없는 까닭에, 우리는 그들을 일컬어 유령 반군이라고 불렀다. 밤마다 정부에서 보급해 주는 유탄과 탄약통은 상자에 담겨 침대 밑에서 잠자고 있었다. 그렇게 우리는 무엇보다도 우리가 처한 비참함에 의해 보호를 받기 때문에, 침묵 말고는 달리 싸울 적이 없었다. 공항 책임자인 뤼카는 밤낮 할 것 없이 축음기를 틀어 놓았다. 일상생활과 괴리된 이곳에서 축음기는 우리에게 반쯤 잊힌 언어를 들려주며, 목마름과 묘하게 닮은 막연한 애수를 자아냈다.

그날 밤 우리는 보루에서 저녁을 먹었고, 사령관은 우리에게 자신의 정원을 구경시켜 주었다. 그는 사실 프랑스로부터 진짜 흙이 담긴 궤짝 세 개를 받았는데, 그러니까 무려 4,000킬로미터를 건너온 것이었다. 거기서 이파리 세 개가 돋아났고, 우리는 그걸 마치 보석이라도 만지듯 손끝으로 쓰다듬었다. 사령관은 이파리들에 대해 "내 정원이야."라고 말한다. 그래서 모든 것을 말려 버릴 듯한 모래바람이 불면, 그 정원은 지하실로 옮겨진다.

우리는 보루에서 1킬로미터 떨어진 곳에서 지내고 있어서, 저녁 식사 후 달빛을 받으며 집으로 돌아온다. 달빛 아래에서 모래는 장밋빛이다. 우리는 스스로를 초라하다고 느끼지만 모래는 장밋빛이다. 하지만 보초병의 외침에 다시 세상에 비장함이 감돈다. 사하라 전체가 우리의 그림자를 두려워하고 암호를 묻는 것은 반군 단체가 진군해 오고 있기 때문이다.

보초병의 외침에 사막의 온갖 목소리들이 울린다. 사막은 더 이상 빈집이 아니다. 무어인의 카라반이 밤을 유혹하기 때문이다.

우리는 안전하다고 생각할 수도 있으리라. 그러나! 질병, 사고, 반군 단체 등 얼마나 많은 위협이 진군해 오고 있는가! 비밀 저격수들에게 인간은 지상에 세운 과녁이다. 세네갈 보초병은 마치 예언자처럼 우리에게 그것을 상기시켜 준다.

우리는 "프랑스인이오!" 하고 대답하고는 검은 천사의 앞을 지나간다. 그러고는 안도의 숨을 내쉰다. 이 위협은 우리에게 얼마나 대단한 고귀함을 주었던가……. 오! 아직은 너무 멀고, 그다지 급하지도 않고, 수많은 모래에 약화되었지만, 세상은 이제 더는 전과 같지 않다. 사막은 다시 화려해진다. 어디선가 진군해 오고 있지만 결코 이곳에 도달하지 못할 반군들이 사막을 신성하게 만든다.

이제 밤 11시다. 뤼카가 무선국에서 돌아와 다카르발 비행기가 자정에 온다고 알려 준다. 기내 상태는 모두 정상이다. 0시 10분에 비행기 안에다 우편물을 실어 놓으면, 나는 북쪽으로 날아갈 것이다. 군데군데 깨진 거울 앞에서 나는 꼼꼼하게 면도를 한다. 이따금 수건으로 목 주위를 닦고는 문 앞으로 가 벌거벗은 사막을 바라본다. 날씨는 좋은데 바람이 잔다. 거울로 돌아온다. 그리고 생각한다. 몇 달 동안 불던 바람이 잠잠해지면 하늘 전체가 어지러워지기도 한다. 이제 장비를 갖춘다. 구조 램프는 허리띠에 매고, 고도계와 연필을 챙긴다. 오늘 밤 기내 무선기사가 되어 줄 네리한테 가 본다. 그 역시 면도를 하고 있다. 그에게 묻는다. "괜찮아?" 지금으로서는 괜찮단다. 이런 사전 작업은 비행에 있어 가장 쉬운 부분이다. 그런데 지지직거리는 소리가 들린다. 잠자리 한 마리가 램프에 부딪힌 것이다. 이유는 모르겠지만, 그 잠자리가 마음에 걸린다.

다시 나가 둘러보니 무엇 하나 흠잡을 데가 없다. 비행장을 따라 뻗은 절벽은 마치 낮인 것처럼 하늘과 뚜렷이 구분된다. 잘 정돈된 집처럼 사막에 깊은 정적이 감돈다. 그때 초록 나비 한 마리와 잠자리 두 마리가 내 램프에 부딪힌다. 그러자 다시 어렴풋한 느낌이 드는데, 그것은 어쩌면 기쁨일 수도 어쩌면 두려움일 수도 있지만, 여전히 모호하고, 마음속 깊은 데서 이제 막 생겨난 감정이다. 누군가가 저 멀리서 나에게 말을 걸어온다. 이것은 본능인가? 다시 나가 보니 바람이 완전히 잦아들었다. 날씨는 여전히 선선하다. 그렇지만 내가 받은 것은 경고였다. 나는 내가 기다리는 것이 무엇인지 꿰뚫어 본다. 내가 맞는 걸까? 하늘도 모래도 나에게 어떤 기별도 주지 않았지만, 잠자리 두 마리가 나에게 말해 주었다. 초록 나비 한 마리도.

모래 언덕에 올라 동쪽을 바라보고 앉는다. 내가 맞는 거라면, '그것'은 오래 지체하지 않을 것이다. 이 잠자리들은 오아시스로부터 수백 킬로미터나 떨어진 이곳에서 무얼 찾으려는 것인가?

해변으로 떠밀려 온 작은 파편들은 사이클론이 바다를 휩쓸고 있음을 말해 준다. 그렇게 이 벌레들은 모래 폭풍이 나가오고 있음을 나에게 알려 준다. 동쪽에서 불어오는 폭풍, 그것은 초록 나비들이 사는 저 멀리 종려나무 숲을 초토화했다. 그 거품이 이미 나에게 불어온 것이다. 그리고 하나의 증거이기에 장중하고, 커다란 위협이기에 장중하고, 폭풍을 품고 있기에 장중한, 동풍이 분다. 그 가느다란 숨결이 내게 닿을락 말락한다. 나는 파도가 핥고 지나가는 경계선 끝자락이다. 내 뒤로 20미터 떨어진 천막은 전혀 펄럭이지 않는다. 그 열기가 나를 한 번, 딱 한 번 감싸는데, 마치 죽어 있는 것처럼 힘없이 살짝 스치고 갈 뿐이다. 하지만 그 뒤로 몇 초간 사하라가 호흡을 가다듬고 두 번째 숨을 내쉴 것을 안다. 그리고 3분도 안 되어, 격납고의 풍향 지시 깃발이 펄럭거릴 것이고. 그리고 10분도 안 되어, 하늘이 모래로 뒤덮일 것이다. 곧 우리는 이 불길, 돌아온 사막의 불꽃 속으로 날아오를 것이다.

하지만 나를 흥분시킨 것은 그런 것이 아니다. 내 마음을 주체할 수 없는 환희로 채운 것은 다 듣지 않고도 내가 비밀의 언어를 이해했다는 것이며, 미세한 소리로도 앞날을 훤히 내다본 원시인처럼 어떤 자취를 냄새 맡았다는 것이며, 잠자리의 날갯짓에서 이 같은 분노를 읽어 냈다는 것이다.

4

우리는 그곳에서 무어인 반군들과 맞닥뜨렸다. 그들은 우리가 비행기를 타고 지나다니던 금지 구역 깊숙한 데서 모습을 드러냈다. 그들은 설탕이나 차 덩어리를 사기 위해 위험을 무릅쓰고 쥐비 보루나 시스네로 보루까지 왔다가, 자기들만 아는 곳으로 다시 숨어들었다. 그래서 우리는 그들이 지나갈 때 몇 명을 회유하려고 시도하곤 했다.

영향력 있는 우두머리들이 걸려들었을 때, 가는 방향이 맞으면 간혹 비행기에 태워 세상 구경을 시켜 주었다. 그것은 그들의 오만함을 잠재우기 위한 것이었다. 그들이 포로들을 학살하는 것은 증오해서라기보다 멸시해서 그랬기 때문이다. 그들은 우리와 보루 근처에서 마주치면, 우리에게 욕설을 퍼붓는 것도 아까워했다. 그래서 우리를 피해 침을 뱉었다. 이 오만함은 자신들의 힘에 대한 환상에 뿌리를 두고 있었다. 전투태세를 갖춘 300명의 소총 부대를 세워 놓은 채, 그들 중 얼마나 많은 이들이 내게 되풀이해 말했는지 모르겠다.

"당신은 운이 좋아. 100일도 넘게 걸어야 갈 수 있는 프랑스에 사니 말이야……."

그래서 우리는 그들을 태우고 다녔고, 이들 중 셋은 생전 처음

프랑스를 방문하게 되었다. 그들은 예전에 나와 함께 세네갈에 갔다가 나무들을 보고 울었던, 그런 부류의 인간들이었다.

내가 막사 아래에서 그들을 다시 만났을 때, 그들은 벌거벗은 여자들이 꽃들 사이에서 춤을 추는 뮤직홀에 대한 칭찬을 늘어놓고 있었다. 그들은 나무, 분수, 장미꽃을 한 번도 본 적이 없으나, 냇물이 흐르는 정원이 있다는 것은 코란을 통해 알고 있었다. 코란에서 이를 천국이라 부르기 때문이다. 그 천국과 거기 있는 아리따운 여인들은 30년을 궁핍하게 살다가 이교도의 총에 맞아 모래 위에서 쓰디쓴 죽음을 맞고서야 주어지는 것이었다. 하지만 신은 그들을 속였다. 이 모든 보물을 손에 쥔 프랑스인들에게 신은 목마름이나 죽음이라는 대가를 요구하지 않았으니 말이다. 그래서 늙은 우두머리들은 이제 꿈을 꾼다. 막사 주변에 펼쳐진 사하라가 자신들이 죽을 때까지 그렇게 하찮은 쾌락만을 제공하리라 판단한 그들은 속마음을 꺼내 보인다.

"알겠지만…… 프랑스인들의 신은…… 프랑스인들에게 참 잘해 주더군! 무어인들의 신이 무어인들에게 해 주는 것보다 훨씬!"

그보다 몇 주 전에는, 그들을 데리고 사부아 지방으로 갔다. 가이드는 그들을 어느 웅장한 폭포 앞으로 데려갔는데, 화려하게 장식한 기둥 같은 모습에 물소리가 우람한 폭포였다.

"맛을 보세요."

가이드가 말했다. 그것은 민물이었다. 물이라니! 이곳에서는 가장 가까운 우물을 찾아간다고 해도 며칠을 걸어야 한다. 가서도 우물을 잔뜩 메운 모래를 퍼내고 낙타 오줌이 섞인 흙탕물이 나오기까지 또 몇 시간이 걸리는가? 물이라니! 쥐비곶, 시스네로, 포르에티엔에서 무어인 아이들이 구걸하는 것은 돈이 아니다. 통조림 깡통을 손에 든 그들이 구하는 것은 물이다.

"물 좀 주세요, 물이요……."

"말 잘 들으면 주지."

그 무게의 금덩이만큼 값진 물. 아주 작은 물 한 방울이 모래에서 어린잎의 초록빛을 끌어낸다. 어디선가 비가 오면, 사하라가 대이동으로 들썩인다. 부족들은 300킬로미터 떨어진 곳으로 풀을 찾아 떠난다……. 그런데 10년 전부터 포르에티엔에는 단 한 방울도 떨어지지 않던 그토록 인색한 물이, 저기서는 저수탱크가 터지기라도 한 듯 퍼붓는 소리가 요란했다.

"돌아갑시다."

가이드의 말을 듣고도 그들은 꿈쩍도 않았다.

"조금만 더 있겠소……."

그들은 입을 다물었고, 진지한 얼굴로 말을 잊은 채 장엄한 신비가 펼쳐지는 것을 바라보았다. 산의 배 속에서 이렇게 흐르는 것, 그것은 생명이었고, 사람들의 피 그 자체였다. 1초 동안 흐르는 물만으로도, 목마름에 취해 끝없이 펼쳐진 소금 호수와 신기루 속에 침잠해 있던 카라반 전체를 소생시킬 수 있으리라. 여기 신이 모습을 드러냈는데 어떻게 그들이 등을 돌릴 수 있겠는가. 신이 수문을 열고 자신의 권세를 드러내니, 세 명의 무어인은 옴짝달싹 못 했던 것이다.

"뭘 더 보시려고요? 어서 갑시다……."

"기다려야 돼요."

"뭘 기다려요?"

"끝날 때를요."

그들은 신이 스스로의 광기에 진력이 날 때까지 기다리고 싶었다. 신은 곧 후회할 것이다. 신은 인색하니까.

"그렇지만 이 물은 천 년 전부터 흘렀는데요!"

그렇게 해서 그날 밤 그들은 폭포에 대한 고집을 굽혔다. 어떤 기적들은 말하지 않는 편이 낫다. 그리고 지나치게 생각하지 않는 편이 낫다. 그렇지 않으면 더는 아무것도 이해하지 못할 테니까. 그렇지 않으면, 신을 의심하게 될 테니까…….

"이봐, 프랑스인들의 신은……."

하지만 나는 이 야만인 친구들을 잘 안다. 그들은 자신들의 신앙에 혼란을 느끼고 당황하여 이제 거의 항복 근처까지 왔다. 그들이 꿈꾸는 것은 프랑스의 감독 하에 보리를 공급받고, 사하라에 주둔한 프랑스 부대를 통해 안전을 보장받는 것이다. 사실 일단 항복하기만 하면 물질적인 부는 얻게 될 터였다.

하지만 그들은 셋 다 트라르자 지역의 우두머리였던 엘 맘문의 혈족이다(이름은 틀린 것 같다).

내가 그를 알게 된 것은 그가 우리의 가신으로 있을 때였다. 그는 협력의 대가로 공식적인 예우를 받았고, 총독들에 의해 부자가 되었으며, 부족들에게도 존경받았던 터라 겉보기에 무엇 하나 부족할 게 없어 보였다. 그러던 어느 날 밤, 어떤 징조도 없이, 사막에서 자신이 수행하던 장교들을 학살하고는, 낙타와 소총을 탈취해 반군 부족에 합류했다.

이후 사막에서 추방당할 운명에 처한, 어느 우두머리의 영웅적이면서도 필사적이었던 갑작스런 반란과 도주, 그리고 아타르 기동 소대의 탄막 앞에서 이내 불꽃처럼 사그라질 짧은 영광을 우리는 배신이라 부른다. 그리고 이 같은 발광에 놀란다.

그렇지만 엘 맘문의 이야기는 다른 많은 아랍인들의 이야기이기도 했다. 그는 늙어 가고 있었다. 사람은 늙으면 생각이 깊어진다. 그래서 어느 날 저녁 그는 자신이 이슬람의 신을 배신했고, 기독교인들의 손아귀에 놀아나 모든 것을 잃게 만든 조약에 날인함으로써 자기 손을 더럽혔다는 사실을 깨달았다.

그리고 사실, 보리와 평화가 그에게 무슨 소용이 있겠는가? 원래 전사였지만 타락해 목자가 된 그는 사하라에서 살았던 때를 추억한다. 그곳은 모래 주름 하나하나에 수많은 위협이 감춰져 있었고, 야음夜陰을 틈타 진군한 야영지에서는 공격 지점에 감시병을 파견했으며, 모닥불 주위에서 적의 움직임에 대한 보고를 들으며 가슴이 뛰었더랬다. 그는 사람이 한번 맛보면 결코 잊을 수 없는 난바다의 맛을 기억했다.

그런데 이제 그는 아무 영광도 없이 모든 위엄이 사라진 평화로운 땅을 이리저리 떠돌고 있다. 오늘날 사하라는 하나의 사막에 지나지 않는다.

어쩌면 그는 자신이 암살한 장교들을 존경했을지도 모른다. 하지만 알라에 대한 사랑이 우선이다.

"잘 자게, 엘 맘문."

"신의 가호가 있기를!"

장교들은 몸에 담요를 둘둘 말고는 뗏목 위에 누운 것처럼 모래 위에 누워 별들과 마주한다. 모든 별들이 천천히 돌고, 온 하늘이 시각을 나타낸다. 신의 지혜로 무無로 돌아갔던 달이 사막 쪽으로 기운다. 기독교인들은 곧 잠들 것이다. 몇 분만 있으면 오직 별들만이 빛날 것이다. 타락한 부족이 과거의 영광을 회복하기 위해서는, 사막을 빛내는 유일한 길인 추격을 재개하기 위해서는, 자기만의 잠 속으로 빠질 이 기독교인들의 가느다란 비명 소리면 충분할 것이다……. 몇 초만 더 지나면, 돌이킬 수 없는 것으로부터 하나의 세상이 탄생할 것이다…….

그렇게 잠들어 있던 잘생긴 중위들은 학살당한다.

5

오늘 쥐비에서 케말과 그의 형제 무얀이 나를 초대했고, 나는 지금 그들의 천막 안에서 차를 마신다. 무얀은 말없이 나를 바라보는데, 입술 위까지 푸른 베일을 당긴 그는 야성적인 조심성을 간직하고 있다. 케말만이 내게 말을 건네며 환대해 준다.

"내 천막과 내 낙타들, 내 아내들, 내 노예들은 모두 당신 것이오."

무얀은 여전히 나에게서 눈을 떼지 않은 채 자기 형 쪽으로 몸을 기울여 몇 마디를 하고는 다시 침묵에 잠긴다.

"뭐라고 하나요?"

"동생 말이, '보나푸가 르게이바트한테서 낙타 천 마리를 훔쳤다'고 하는군요."

아타르 소대의 낙타병 장교인 보나푸 대위를 나는 모른다. 하지만 그의 위대한 전설은 무어인들에게 들어 알고 있다. 무어인들은 그에 대해 분노 섞인 말을 하지만, 그를 신적인 존재로 여긴다. 그의 존재는 사막에 그 가치를 부여한다. 어떻게 그러는지는 몰라도, 오늘도 그는 남쪽으로 진군하던 반군의 뒤편에서 갑자기 나타나 낙타를 수백 마리씩 훔쳤고, 안전하다고 믿었던 자신들의 재산을 되찾으려는 반군들로 하여금 자기 쪽으로 방향을 바꾸게 했다. 그리고 이제 천사장처럼 출현해 아타르 소대를 구해 내고, 높은 석회질 암반에 자신의 야영지를 주둔시키고는 압류 딱지가 붙은 담보물인 양 그 자리에 우뚝 서 있다. 그의 활약이 이렇다 보니 부족들은 그의 검을 향해 진군할 수밖에 없다.

무얀은 나를 더욱 매정하게 쳐다보면서 입을 연다.

"뭐라고 하나요?"

"동생이 '우리는 내일 보나푸와 싸우러 간다. 소총 300자루로'라는군요."

나는 뭔가 낌새를 챘다. 사흘 전부터 우물로 몰고 가던 낙타들이며 그 집회들 그리고 그 열정. 보이지 않는 범선에 선구船具를 갖추는 것 같은 모양새다. 그리고 범선을 실어다 줄 바람이 진작부터 먼바다에서 불어오고 있다. 보나푸로 말미암아 남쪽으로 향하는 발걸음마다 영광이 가득하다. 그래서 나는 이런 출발에 담겨 있는 것이 증오인지 사랑인지 더는 분간이 안 된다.

이 세상에서 살해 대상으로 삼을 만큼 그럴듯한 적을 가졌다는 것은 멋진 일이다. 그가 출몰하면 가까운 지역의 부족들은 그를 면전에서 맞닥뜨릴까 두려워 천막을 접고 낙타를 모아 달아나지만, 먼 데 있는 부족들은 사랑에 빠졌을 때와 같은 현기증을 느낀다. 그들은 평화로운 천막생활, 여인들의 포옹, 달콤한 잠에서 빠져나온다. 그러고는 두 달 동안 남쪽을 향해 지치도록 행군을 하고, 타는 듯한 목마름을 경험하고, 모래바람 아래 웅크려 기다린 끝에, 새벽녘에 아타르 기동 소대를 덮치고, 신이 허락한다면 보나푸 대위를 없애 버리는 것보다 더 가치 있는 일은 없다는 것을 깨닫는다.

"보나푸는 강하오."

케말이 내게 고백한다.

나는 이제 그들의 비밀을 안다. 마치 한 여인을 원하는 남자들이 무심하게 산책하는 그녀의 발걸음을 꿈꾸고, 꿈속에서도 계속되는 그녀의 무심한 산책에 상심하여 타는 가슴으로 밤새 몸을 뒤척이듯이, 멀리서 계속되는 보나푸의 발걸음에 그들은 가슴앓이를 하는 것이다. 무어인 복장을 한 그 기독교인은 자신에게 달려드는 반군들을 피해 비적 200명의 선두에 서서 반군 지역으로 침투했다. 그곳은 프랑스의 통제를 벗어난 말단 병사 하나가 자신이 노예나 마찬가지였음을 깨닫고 돌 제단 위에 상관인 보나푸를 올려 신에게 제물로 바칠 수도 있는 곳이다. 그러나 또한 그의 위엄만으로도 그들을 통제할 수 있는 곳, 그의 연약함마저 그들을 두려워 떨게 하는 곳이다. 그리고 오늘 밤에도 그들의 거친 잠 속을 그는 무심히 지나다니며, 그의 발소리는 사막의 심장부까지 울린다.

무얀은 푸른 화강암 부조처럼 천막 깊숙한 곳에서 여전히 꼼짝 않고 생각에 빠져 있다. 그의 눈빛과 더 이상 장난감에 그치지 않는 그의 은제 단도만이 반짝거릴 뿐이다. 그는 반군에 합류하면서 다른 사람이 되었다! 전에 없이 자신이 고귀한 신분임을 의식하고는 경멸하는 태도로 나를 압도한다. 왜냐하면 이제 새벽녘이면 그는 보나푸를 향해, 애정의 모든 징후를 지닌 증오로 인한 진군을 시작할 것이기 때문이다.

그는 한 번 더 자신의 형 쪽으로 몸을 기울여 나지막이 말을 하고는 나를 본다.

"뭐라고 하나요?"

"요새에서 멀리 떨어진 곳에서 만나면 당신을 쏠 거랍니다."

"왜요?"

"그가 말하길 '당신한테는 비행기와 무전기가 있고, 보나푸도 있지만, 진리는 없다'고 하는군요."

조각상의 옷자락 같은 푸른 베일을 쓴 채 미동도 않고 있는 무얀은 나를 판단한다.

그는 말한다.

'당신은 염소처럼 채소를 먹고 돼지처럼 돼지고기를 먹지. 당신

네 여자들은 부끄러운 줄 모르고 얼굴을 내놓고 다니지.'

그러니까 그는 우리 여자들을 본 적이 있었던 것이다. 그는 말한다.

'당신은 절대로 기도를 하지 않지.'

그는 말한다.

'당신에게 진리가 없는데, 당신 비행기, 당신 무전기, 당신의 보나푸가 무슨 소용이겠나?'

그래서 나는 이 무어인을 존경한다. 사막에서는 늘 자유롭기에 자신의 자유를 지킬 필요가 없고, 사막은 불모지이기에 눈에 보이는 부를 지키지도 않지만, 비밀스러운 왕국을 지킬 줄 아는 이 무어인을 말이다. 고요히 불어닥치는 모래 파도 속에서 보나푸는 낡은 사략선을 몰듯 자신의 소대를 이끌고, 보나푸 덕에 쥐비곳에 주둔한 이 야영지는 이제 더 이상 한가한 목자들의 집이 아니다. 보나푸라는 폭풍이 야영지의 측면에 불어닥치면, 밤마다 사람들이 천막을 다닥다닥 붙여 놓는다. 남쪽의 침묵, 그것은 얼마나 사람의 마음을 에는지! 그것은 바로 보나푸의 침묵이다. 그리고 노련한 사냥꾼 무얀은 바람 속에서 그가 걸어오는 소리를 듣는다.

보나푸가 프랑스로 돌아가면 그의 적들은 쾌재를 부르기는커녕 눈물을 흘릴 것이다. 마치 그가 자신들의 사막 한끝을 떼어 가기라도 한 듯, 그들의 존재에서 약간의 위엄을 앗아 가기라도 한 듯 말이다. 그리고 내게 이렇게 물을 것이다.

"당신의 보나푸 말이오. 그 사람 왜 떠난 거지?"

"글쎄요……."

그는 그들의 목숨에 자신의 목숨을 걸었다. 그것도 여러 해 동안. 그는 그들의 규칙을 자신의 규칙으로 삼았다. 그는 그들의 돌을 베고 잠들었다. 추격전이 끊임없이 이어지는 동안, 그는 그들처럼 성경에 나오는 별과 바람으로 이루어진 밤을 보냈다. 그리고 이제 그는 떠나 버림으로써 자신이 꼭 해야 하는 게임을 한 것은 아니었음을 보여 준다. 그는 거침없이 판을 떠난다. 자기들끼리 남겨진 무어인들은 삶의 의미에 대한 믿음을 잃게 된다. 그건 이제 사람들이 몸소 뛰어들지 않으려는 삶이다. 그들은 그래도 그를 믿고 싶어 한다.

"당신들의 보나푸 말이오. 그는 돌아올 거요."

"글쎄요……."

그가 돌아올 거라고 무어인들은 생각한다. 유럽의 도박이 더는 그에게 만족을 주지 못할 것이며, 주둔지에서의 브리지 게임도, 진급도, 여자도 마찬가지이리라. 자신이 잃어버린 고귀함을 잊지 못해 그는 사랑을 향한 발걸음처럼 한 발짝 내딛을 때마다 가슴 뛰는 그곳으로 다시 돌아올 것이다. 그는 이곳에서 잠시 모험을 했을 뿐이고, 꼭 필요한 것은 프랑스에서 되찾을 것이라 믿었겠지만, 결국 권태 속에서 깨달을 것이다. 모래의 위엄, 밤, 고요함, 바람과 별들의 고향 같은 진정한 부를 소유했던 곳은 바로 이곳, 사막에서였음을. 언젠가 보나푸가 돌아온다면, 그 소식은 당장 첫날 밤부터 반군 지역에 퍼질 것이다. 무어인들은 사하라 사막 어딘가에서 200명의 수하들 중심에서 그가 자고 있음을 알게 될 것이다. 그러면 그들은 낙타들을 조용히 우물로 이끌 것이다. 그들은 보리를 준비할 것이며, 소총의 노리쇠를 점검할 것이다. 증오에 이끌려서든 사랑에 이끌려서든.

6

"저를 비행기에 몰래 태워서 마라케시에 데려다주세요……."

쥐비에서는 저녁마다 무어인들의 노예가 나에게 짧은 부탁을 하곤 했다. 그는 그렇게 살기 위해 할 수 있는 것은 다해 본 다음, 가부좌를 틀고 앉아 내가 마실 차를 준비했다. 그렇게 하면 그는 자신을 고쳐 줄 유일한 의사에게 비밀을 털어놓았고, 자신을 구해 줄 유일한 신에게 부탁했으니, 이제 하루 동안은 평안할 거라고 생각했다. 그러고는 주전자 위로 몸을 숙인 채 자기 삶의 소박한 장면들, 마라케시의 검은 토양, 그곳의 장밋빛 집들, 빼앗긴 세간들을 곱씹었다. 그는 내가 침묵해도, 자신을 빨리 구해 주지 않아도 나를 원망하지 않았다. 그에게 나는 자신과 같은 사람이 아니라, 진척시킬 힘이며, 순풍처럼 언젠가 자신의 운명에 불어올 무엇이었기 때문이다.

그렇지만 일개 조종사이자 몇 달간 쥐비곶의 공항 책임자로 있으면서 가진 것이라고는 스페인 요새를 등지고 서 있는 막사 하나와 그 안에 있는 대야 하나, 소금물이 든 물병 하나, 아주 작은 침대 하나가 전부였던 나로서는 내 능력에 대한 환상이 없었다.

"여보게, 바르크, 그건 좀 두고 보자고……."

노예들은 죄다 바르크라 불리니 그도 바르크라 불렸다. 4년을 붙잡혀 있었지만 그는 여전히 포기하지 않고, 자신이 왕이었던 때를 추억했다.

"바르크, 마라케시에서는 뭘 했었나?"

아마 아직도 그의 아내와 세 아이들이 살고 있을 마라케시에서 그는 멋진 직업에 종사하고 있었다.

"저는 가축을 모는 목자였고, 제 이름은 모하메드였지요!"

그곳의 지방관들이 그를 호출하곤 했다.

"모하메드, 소를 팔아야겠으니, 산에 가서 좀 데리고 오게."

아니면 이럴 때도 있었다.

"벌판에 양 천 마리가 있으니, 더 높은 풀밭으로 몰아가 주게."

그러면 바르크는 올리브 나무로 만든 지팡이로 가축의 이동을 지휘했다. 양 떼라는 백성의 유일한 책임자였던 그는 태어날 어린 양들을 위해 몸이 날랜 놈들은 속도를 늦추고 굼뜬 놈들은 재촉해 가면서 모두의 신뢰와 순종 속에 갈 길을 갔다. 양 떼들이 어떤 약속의 땅을 향해 가고 있는지 아는 유일한 자, 별빛 아래서도 길을 읽어 내는 유일한 자, 그렇게 양들과 나눌 수 없는 지식을 짊어진 자였던 그는 자신의 지혜로 잠시 쉴 때와 물 마실 때를 홀로 결정했다. 그리고 밤에 양들이 잠든 동안, 의사이자 예언자이자 왕이었던 바르크는 무릎 높이까지 양털에 둘러싸인 채 자애로운 마음으로 무지하고 연약한 자기 백성들을 위해 기도를 올리곤 했다.

어느 날, 아랍인들이 그에게 다가왔다.

"우리와 함께 남쪽으로 가서 가축들을 찾자고."

그들은 그를 한참 걷게 하더니, 사흘 후 반군 지역의 경계에 있는 으슥한 산길에 이르자, 그의 어깨에 손을 얹고는 바르크라 이름 지어 팔아 버렸다.

나는 다른 노예들도 알고 있었다. 나는 매일 천막 아래로 찾아가 차를 마시곤 했다. 나는 유목민들의 사치품이자 몇 시간 동안 머물 곳이 되어 주는 양탄자 위에 맨발로 누워 그날의 비행을 음미했다. 사막에서는 시간의 흐름이 느껴진다. 타는 듯한 태양 아래서 사람들은 저녁을 향해 가고, 사지를 감싸고 모든 땀을 씻어 줄 서늘한 바람을 향해 간다. 타는 듯한 태양 아래서는 가축도 사람도 죽음을 향해 가는 것만큼이나 확실하게 커다란 물웅덩이를 향해 나아간다. 그러니 아무것도 하지 않는다고 허무할 것이 없다. 그래서 온 하루가 마치 바다로 가는 이 길들처럼 아름다워 보인다.

나는 이 노예들을 알고 있었다. 그들은 주인이 보물 상자에서 풍로니 주전자니 잔들이니 하는 것들을 꺼낼 때면, 천막 안으로 들어온다. 그 상자는 열쇠 없는 자물쇠라든가 꽃 없는 꽃병, 서푼짜리 거울, 낡은 무기들 같은 사막 한가운데서 좌초된 파선의 찌꺼기들을 떠올리게 하는 유별난 잡동사니로 그득했다.

그러면 노예는 말없이 풍로에 마른 나뭇가지들을 넣고, 불씨에 바람을 불어 살리고, 주전자를 채우면서, 어린 여자아이도 할 수 있는 일에 삼나무라도 단숨에 뽑아낼 수 있을 근육을 작동시킨다. 그는 평온하다. 그는 차를 끓이고 낙타를 돌보고 끼니를 챙기는 놀이에 빠져 있다. 대낮의 뜨거운 열기 아래에서는 밤을 향해 나아가고, 헐벗은 별들이 얼어붙은 한기 아래에서는 대낮의 열기를 염원한다. 여름에는 눈의 전설을, 겨울에는 태양의 전설을 만드는 북쪽 나라들은 행복하다. 한증막 속에서 아무것도 변하지 않는 열대 지방은 슬프다. 그러나 낮과 밤이 이렇듯 간단하게 사람들을 이런 희망에서 저런 희망으로 옮겨 가며 균형을 맞추는 사하라도 행복하다.

간혹 흑인 노예가 문 앞에 쭈그려 앉아 저녁 바람을 음미한다. 노예가 된 이 육중한 몸에는 더 이상 추억이 떠오르지 않는다. 유괴되던 순간, 폭행, 비명, 현재의 어둠 속으로 자신을 밀어뜨린 사람의 팔이 겨우 기억날 뿐이다. 바로 그날부터 그는 장님이라도 된 듯 세네갈의 천천히 흐르는 강들과 남부 모로코의 흰 집들을 빼앗기고, 귀머거리라도 된 듯 가족들의 목소리를 빼앗긴 채 이상한 잠 속으로 빠져들었던 것이다. 이 흑인 노예, 그는 불행한 것이 아니라 불구일 뿐이다. 어느 날 유목민들의 생활 주기 속에 떨어져, 그네들의 이동에 묶여, 그네들이 사막에서 그리는 궤도에 영원히 붙들린 그에게 과거와 고향 집, 그에게는 죽은 것이나 다름없는 아내와 아이들과의 연결 고리가 뭐가 남아 있겠는가?

오래도록 위대한 사랑을 하다가 그것을 빼앗긴 사람들은 이따금씩 자신의 외로운 고귀함에 권태를 느낀다. 그들은 겸손하게 삶에 다가가서는, 보잘것없는 사랑을 행복으로 삼는다. 그들은 자포자기하여 노예가 되고, 사물의 평화로움 속으로 들어가는 것이 달콤하다고 여긴다. 노예는 주인의 불씨를 자신의 자랑으로 삼는다.

"자, 받아." 하고 간혹 주인이 노예에게 말할 때가 있다.

온갖 피로와 더위를 피해 선선한 곳으로 나란히 들어왔으니 주인이 노예에게 잘해 주는 시간이다. 주인이 노예에게 차 한 잔을 준다. 그러면 노예는 이 차 한 잔에 감사해서 몸 둘 바를 몰라 주인의 무릎에 입을 맞춘다. 노예는 사슬에 매여 있지 않다. 그럴 필요가 뭐가 있겠는가! 그는 얼마나 충직한가! 지혜롭게도 그는 실권한 흑인 왕을 마음속으로 부인하고 있지 않는가! 그러니 이제 그는 행복한 포로일 뿐이다.

그렇지만 언젠가 그는 해방될 것이다. 너무 나이 들어 그를 먹이고 입히는 값을 못하게 되면, 엄청난 자유를 얻게 될 것이다. 사흘 동안 이 장막 저 장막을 헛되이 기웃거리다가, 나날이 노쇠해져 사흘째 되는 날 해질 무렵에는, 늘 그렇듯 얌전하게 모래 위에서 잠이 들 것이다. 나는 쥐비에서 가진 것 없는 노예들이 이렇게 죽는 것을 보았다. 무어인들은 그들의 긴 임종을 스치고 지나다니지만 잔인해서 그런 것은 아니다. 무어인 아이들은 이 어두운 잔해 곁에서 놀고, 새벽이면 달려가 그가 다시 움직이는지 장난삼아 확인하지만 늙은 하인을 조롱해서 그러는 것은 아니다. 그것은 자연의 순리였다. 이는 마치 그에게 "열심히 일했으면 잘 권리가 있으니, 가 자거라." 하고 말하는 것 같았다. 그는 여전히 누워 현기증에 지나지 않는 배고픔은 느껴도, 마음을 괴롭히는 부당함만은 느끼지 않았다. 그는 차츰 대지에 섞여 들었다. 태양에 의해 바싹 마른 채 대지에 흡수되었다. 30년의 노동 끝에 얻은 휴식에 대한 권리, 대지에 대한 권리였다.

내가 처음 마주쳤던 노예는 신음 소리조차 내지 않았다. 하기야 그 소리를 들어 줄 사람도 없었다. 길을 잃고 힘이 다해 눈밭에 누운 채 자신의 꿈과 눈으로 덮여 가는 산사람의 그것과 같은 어떤 막연한 동의가 그에게서 보였다. 나를 괴롭힌 것은 그의 고통이 아니었다. 아니었다고 생각한다. 하지만 한 사람의 죽음 속에서 미지의 세계 하나가 사라지고 있었고, 나는 그의 안에서 붕괴되는 영상들은 무엇일까 궁금했다. 세네갈의 어느 대농장들이, 모로코 남부의 어떤 하얀 도시들이 조금씩 망각 속으로 빠져들고 있을런지. 아니면 이 검은 총체 속에서, 준비해야 할 차, 몰아야 할 가축 같은 별것 아닌 걱정들만 꺼져 가는 것인지……. 노예의 영혼이 잠드는 것인지 아니면 기억이 돌아와 되살아난 사람이 고귀함 속에서 죽어 가는 것인지 나로서는 모를 일이었다. 딱딱한 두개골은 오래된 보물 상자처럼 보였다. 어떤 다채로운 빛깔의 비단들이, 어떤 축제의 영상들이, 어떤 낡아 빠진 잔해가, 여기 사막에서는 그토록 쓸모없었던 추억들이, 그중에서 어떤 것들이 그 안으로 들어가 난파를 모면했는지 모를 일이었다. 그 묵직한 상자는 자물쇠가 채워진 채 거기 있었다. 마지막 날 거대한 잠에 드는 동안에 세상의 그 어떤 부분이 인간의 내부에서 허물어지는지, 그 육체와 의식 속에서 조금씩 허물어져 어둠과 근원 속으로 되돌아가는 것이 무엇인지 나로서는 알 수 없었다.

"저는 가축을 모는 목자였고, 제 이름은 모하메드였지요……."
흑인 노예 바르크는 내가 알기로는 최초로 저항한 사람이었다.

무어인들은 그의 자유를 침해했고, 하루 만에 그를 갓난아이보다 더 벌거벗은 자로 만들었다. 그것은 한 인간의 수확물을 한 시간 만에 초토화시키는 신의 폭풍이었다. 하지만 그의 재산보다 더 심한 위협을 받은 것은 그의 인격이었다. 끼니를 위해 1년 내내 고되게 일하는 가엾은 가축몰이꾼 한 명, 그토록 많은 포로들이 자기네들 마음속에서 죽도록 내버려 둔 그를, 바르크는 포기하지 않았다!

다른 이들이 기다림에 지쳐 초라한 행복에 만족할 때, 바르크는 노예 신분에 안주하지 않았다. 그는 주인의 호의를 노예의 기쁨으로 삼고 싶지 않았다. 그는 모하메드가 살던 집을 가슴속에 간직하고 있었다. 빈집이라 슬프기는 해도 다른 그 누구의 차지도 되지 않을 집이었다. 바르크는 골짜기 풀숲과 지루한 적막 속에서 충직하게 생을 마감하는 백발의 수호자를 닮았다.

그는 "저는 모하메드 벤 라우신입니다."라고 하지 않고, "제 이름은 모하메드였지요."라고 했다. 잊혔던 그 인물이 부활해, 그 부활을 통해 노예의 모습을 벗어 버리게 될 그날을 꿈꾸었기 때문이다. 때때로 고요한 밤이면, 그에게 온갖 추억들이 어린 시절의 노래와 함께 되살아났다.

"무어인 통역이 우리한테 하는 말이, 한밤중에 그가 마라케시 이야기를 하면서 울더래요."

고독 속에서는 그 누구도 기억이 되살아나는 것을 피할 수 없다. 그의 마음속에서 다른 이가 예고도 없이 깨어나 팔다리를 쭉 뻗고 기지개를 켜고는, 어떤 여인도 다가온 적 없는 이 사막에서 자기 옆에 둘 여인을 찾고 있었다. 어떤 샘도 흐른 적 없는 그곳에서 바르크는 샘물이 노래하는 소리를 들었다. 사람들이 거친 모직으로 된 집에 거주하며 바람을 좇는 그곳에서, 바르크는 눈을 감은 채 매일 밤 같은 별이 머리 위에 뜨는 하얀 집에서 산다고 믿었다. 바르크는 신기하게 되살아난 오래된 애정을 가득 품은 채, 마치 그 애정의 대상이 가까이에 있기라도 한 듯 나에게 왔다. 그는 나에게 자신은 준비가 되었으며, 자신의 모든 애정도 준비가 되었으며, 그 애정을 나누어 주기 위해서 자기 집으로 돌아가기만 하면 된다는 말을 하고 싶었던 것이다. 그러니까 내게서 신호 하나만 떨어지면 되는 것이었다. 바르크는 미소를 짓더니, 나에게 이런 이야기를 꺼냈다. 그것은 내가 미처 생각도 못하던 것이었다.

"내일 정기 항공편이 있지요⋯⋯. 아가디르행 비행기에 절 숨겨 주십시오⋯⋯."

"가엾은 바르크 영감!"

우리가 머물던 곳이 반군 지역인데, 내가 어떻게 그의 도주를 도와줄 수 있었겠는가? 다음 날이면 무어인들이 그를 빼돌려 자신들을 모욕한 데 대해 상상도 못할 끔찍한 학살로 복수할 텐데 말이다. 나는 기항지 정비사인 로베르그, 마르샬, 아브그랄의 도움을 받아 그를 사려고 했지만, 무어인들이 노예를 찾는 유럽인들을 매일 만나 주는 것은 아니었다. 그들은 유럽인들을 봉으로 알았다.

"2만 프랑이오."

"우리를 놀리는 겁니까?"

"그가 얼마나 튼튼한 팔을 가졌는지 보시오."

그렇게 여러 달이 지났다.

결국 무어인들이 요구하는 액수는 내려갔고, 나의 편지를 받은 프랑스 친구들의 도움을 받아, 바르크 영감을 살 수 있게 되었다.

지독한 협상이었다. 협상은 일주일 동안 계속되었다. 열댓 명의 무어인들과 나는 모래 위에 둥글게 앉아 협상을 진행했다. 노예 주인의 친구이자 내 친구이기도 한 진 울드 라타리라는 비적이 비밀리에 나를 도와주었다. 그는 나의 조언에 따라 주인에게 이렇게 말했다.

"팔아. 안 그래도 잃게 될 거야. 그놈은 병들었다고. 그게 처음엔 안 보여도 몸속에 숨어 있는 거라고. 그러다가 갑자기 몸에 퍼진다니까. 그 프랑스 사람한테 빨리 팔아 버려."

나는 또 다른 비적 라기에게도 매매가 성사되도록 도와주면 얼마를 주기로 약속했고, 라기도 주인에게 바람을 넣었다.

"그 돈이면 낙타도 사고, 총이랑 총알도 살 수 있어. 그러면 프랑스 놈들하고 전쟁도 할 수 있잖아. 아니면 아타르에 가서 새로운 노예를 서너 명 데려와. 저 늙은이는 팔아 치우고."

그렇게 해서 바르크는 나에게 팔렸다. 나는 6일 동안 그를 우리 막사에 가두고 자물쇠를 걸어 잠갔다. 비행기에 타기 전에 밖을 돌아다니다가 무어인들에게 잡혀 더 먼 곳으로 팔릴 수도 있기 때문이었다.

하지만 나는 그를 노예 신분에서 해방시켜 주었다. 그것은 아름다운 의식이었다. 이슬람교 원로가 왔고, 예전 주인과 쥐비의 두 목인 이브라힘도 왔다. 요새의 벽에서 20미터만 떨어져도 나를 골릴 목적으로 그의 목을 치고도 남았을 이 세 명의 도적들은 그를 뜨겁게 포용하고 공문서에 서명했다.

"이제 너는 우리의 아들이다."

또한 법에 의거하여, 나의 아들이기도 했다.

그래서 바르크는 세 아버지 모두와 포용했다.

그는 출발할 때까지 우리의 막사에서 안락한 포로 생활을 했다. 그는 하루에도 스무 번씩 그 단순한 여정에 대해 말해 달라고 했다. 그는 아가디르에 도착하면 비행기에서 내릴 것이다. 그리고 이 기항지에서 마라케시행 시외버스 표를 한 장 건네받을 것이다. 바르크는 마치 아이가 탐험가 놀이를 하듯 자유인 놀이를 했다. 삶을 향한 발걸음, 시외버스, 군중들, 그가 다시 보게 될 도시들…….

로베르그가 마르샬과 아브그랄을 대신해 나를 찾아왔다. 바르크가 비행기에서 내리자마자 굶어 죽으면 안 된다는 것이었다. 그들은 바르크를 위해 나에게 1,000프랑을 주었고, 그걸로 그는 일자리를 구할 수 있을 터였다.

그리고 나는 20프랑을 주고 감사 인사를 받으려 드는 '자선 사업' 단체의 노부인들을 생각했다. 비행기 정비사인 로베르그, 마르샬, 아브그랄은 1,000프랑을 주었고, 자선을 한 것도 아니었으며, 감사 인사를 받으려 하지도 않았다. 행복을 꿈꾸는 그 노부인들과 달리, 그들의 행동은 동정심에서 비롯된 것이 아니었다. 그들은 한 인간이 인간으로서의 존엄성을 되찾도록 도와주고자 했을 뿐이다. 돌아왔다는 취기가 가시고, 바르크가 맨 먼저 만나게 될 친구는 궁핍이 될 것이며, 석 달도 안 돼 철로 어딘가에서 침목枕木을 뽑아내려 애쓰리라는 사실을 그들은 나만큼이나 잘 알고 있었다. 그는 사막의 우리 막사에 있던 때보다도 행복하지 않을지도 모른다. 하지만 그에게는 자신의 사람들 사이에서 자신 본연의 모습으로 살 권리가 있었다.

"자, 바르크 영감, 가서 인간이 되시오."

비행기는 떠날 채비를 마친 채 떨고 있었다. 바르크는 마지막으로 쥐비곶의 광활한 황무지로 몸을 기울였다. 비행기 앞에는 이 노예가 삶의 문턱에서 어떤 얼굴을 하고 있는지 보려고 모여든 무어인들 200명이 있었다. 만일 비행기가 멀지 않은 곳에서 고장이라도 난다면 그는 다시 붙잡힐 것이었다.

우리는 쉰 살 먹은 우리의 갓난아이를 세상에 내보낼 생각에 불안한 마음을 안고 그에게 작별 인사를 했다.

"잘 가게, 바르크!"

"아뇨."

"뭐라고? 아니라니?"

"아니지요. 저는 모하메드 벤 라우신입니다."

우리가 마지막으로 그의 소식을 들은 것은 아랍인인 압달라를 통해서였는데, 그는 우리의 부탁을 받아 아가디르에서 바르크를 도와주었다.

버스는 저녁에만 출발하기 때문에, 바르크에게는 한나절이라는 시간이 있었다. 그가 처음에는 소도시를 어찌나 오랫동안 말 한마디 않고 돌아다녔던지, 압달라는 그가 불안해하는 줄 알고 측은한 마음이 들었다.

"무슨 문제라도 있나?"

"아무것도 아닙니다……."

바르크는 갑작스러운 휴가가 하도 남의 일 같아 자신의 부활을 아직 실감하지 못했다. 어렴풋하게 행복을 느끼고는 있었지만, 그것 말고는 과거의 바르크와 현재의 바르크가 별다를 게 없었다. 그렇지만 이제 그는 다른 이들과 평등하게 햇볕을 누렸고, 아랍 카페의 정자 아래에 앉을 권리도 있었다. 그는 그곳에 앉았다. 그리고 압달라와 자신이 마실 차를 주문했다. 그것이 그가 주인으로서 맨 처음 한 행동이었고, 그의 권력이 그를 바꿔 놓은 것이었다. 하지만 종업원은 마치 이런 행동이 일상적이라는 듯 놀라는 기색 없이 그에게 차를 따라 주었다. 종업원은 자신이 차를 따름으로써 한 자유인을 드높이고 있음을 느끼지 못했다.

"다른 데로 갑시다."

바르크가 말했다.

그들은 아가디르를 굽어보는 카스바를 향해 올라갔다.

나이 어린 베르베르족 무희들이 그들에게 다가왔다. 무희들의 애교가 어쩌나 간드러지던지, 바르크는 자신이 부활할 거라고 생각했다. 그녀들은 자기도 모르는 사이에 그를 삶 속으로 맞아들인 것이다. 그녀들은 그의 손을 잡고 친절하게 차를 내주었지만, 다른 누구에게라도 그렇게 했을 것이다. 바르크는 자신의 부활을 이야기하고 싶어 했다. 그녀들은 부드럽게 웃었다. 그가 흡족해했으므로 그녀들도 흡족해하는 듯했다. 그는 무희들의 마음을 사로잡으려고 "나는 모하메드 벤 라우신이다."라고 했다. 하지만 그녀들은 이 말을 듣고도 그다지 놀라지 않았다. 사람들은 누구나 이름이 하나씩 있는 데다, 아주 먼 곳에서 돌아오는 이들도 많으니까……

그는 다시 압달라를 이끌고 도시로 향했다. 그는 유대인들의 노점 앞을 얼쩡거리다가 바다를 보고는 자신이 어느 방향으로든 마음대로 활보할 수 있으며, 자신이 자유롭다고 생각했다. 하지만 이 자유가 그에게는 씁쓸해 보였다. 이 자유로 인해 자신이 세상과의 연결 고리가 얼마나 부족한지 깨닫게 되었기 때문이다.

그때 한 아이가 지나가자, 바르크는 아이의 뺨을 부드럽게 쓰다듬어 주었다. 아이가 미소 지었다. 아이는 비위를 맞추어야 하는 주인집 아들이 아니었다. 바르크가 쓰다듬은 연약한 아이, 그리고 미소 지은 아이일 뿐이었다. 그 아이는 바르크를 깨웠고, 바르크는 자신에게 미소 지었던 연약한 아이 하나로 인해 스스로가 이 세상에서 조금 더 중요한 사람이 되었다고 생각했다. 그는 뭔가를 어렴풋이 느끼기 시작하고는 이제 성큼성큼 발걸음을 옮겼다.

"무얼 찾는 건가?"라고 압달라가 물었다.

"아무것도요."라고 바르크가 대답했다.

그러나 길모퉁이를 돌다 놀고 있는 아이들을 마주하자 걸음을 멈추었다. 이곳이었다. 그는 조용히 아이들을 바라보았다. 그러고는 유대인들의 노점 쪽으로 되돌아가서는 선물을 한 아름 안고 돌아왔다. 압달라가 화를 냈다.

"바보 같으니라고, 돈을 아껴야지!"

하지만 바르크의 귀에는 아무것도 들리지 않았다. 그는 진지한 태도로 아이들 한 명 한 명에게 손짓했다. 그러자 아이들의 작은 손이 장난감, 팔찌, 금실로 수놓은 가죽신 쪽으로 향했다. 그리고 저마다 자신의 보물을 받고는 휭하니 내뺐다.

그 소식을 들은 아가디르의 다른 아이들이 바르크에게 달려오자, 그는 아이들의 발에 가죽신을 신겨 주었다. 그러자 이번에는 아가디르 부근에 사는 아이들도 소문을 듣고 일어나 환호하며 이 흑인 신에게 달려들었고, 노예의 낡은 옷에 매달려 제 몫을 요구했다. 바르크는 파산했다.

압달라는 그가 '기뻐서 미쳤다'고 생각했다. 하지만 내 생각에, 바르크에게 있어 이 행동은 가슴 벅찬 기쁨을 나누기 위한 것이 아니었다.

그는 자유로웠기에 기본적인 재산을 소유할 수 있는 권리, 사랑받을 권리, 남으로든 북으로든 돌아다닐 권리, 손이 수고한 대로 먹을 권리가 있었던 것이다. 그깟 돈이 무슨 소용이랴……. 우리가 심한 배고픔을 느낄 때처럼, 그는 사람들과 연결되어 사람들 사이에서 사람이 될 강렬한 필요를 느꼈다. 아가디르의 무희들은 바르크 영감에게 다정하게 대해 주었지만, 그는 왔던 것처럼 그녀들과 수월하게 작별했으며, 그녀들은 그가 필요치 않았다. 아랍인 노점의 종업원, 거리의 행인들 모두 자유인으로서의 그를 존중하고 그와 평등하게 햇볕을 공유했지만, 그를 필요로 하는 모습을 보이는 이는 아무도 없었다. 그는 자유로웠지만, 무한히 자유로워 대지 위에서 자신의 무게를 느낄 수 없었다. 그에게는 발목을 잡는 인간관계의 무게, 눈물, 이별, 비난, 기쁨 등 한 인간이 어떤 몸짓을 할 때마다 어루만지거나 상처를 내는 모든 것, 그를 다른 이들과 이어 주고 그에게 무게를 부여하는 수많은 관계가 없었다. 그러나 이제 바르크에게는 수많은 희망의 무게가 생겼다…….

그리고 아가디르 위로 저무는 석양의 영광 속에서, 그가 그토록 오래 기다렸던 유일한 낙이자 유일한 외양간인 이 신선함 속에서 바르크의 통치가 시작되었다. 그리고 출발 시간이 다가왔기에, 바르크는 그 옛날 양 떼들 속에서 그랬던 것처럼 아이들의 물결에 잠긴 채, 세상 속에 자신의 첫 번째 자취를 남기면서 앞으로 나아갔다. 그는 내일 자신의 가난한 가족에게로 돌아갈 테고, 자신의 늙은 팔이 먹여 살릴 수 있을 것보다 더 많은 입에 대해 책임을 져야 할 것이다. 그러나 그는 이미 이곳에서 자신의 참된 무게를 느꼈다. 인간의 삶을 살기에는 너무 가볍지만 속임수를 써 자기 허리띠에 납을 단 어느 천사장처럼, 바르크는 금실로 수놓은 가죽신을 간절히 원했던 수많은 아이들에 의해 땅으로 당겨져, 힘겨운 발걸음을 내딛었다.

7

사막은 그런 곳이다. 놀이의 규칙에 지나지 않는 코란이 사막의 모래를 제국으로 바꾸어 놓는다. 텅 비어 있는 줄 알았던 사하라 깊숙한 곳에서 한 편의 비밀스러운 작품이 공연되어 사람들의 열정에 불을 댕긴다. 사막의 진정한 삶은 가축을 먹일 풀밭을 찾아다니는 부족들의 이동으로 이루어지는 것이 아니라, 여전히 그곳에서 계속되는 놀이로 이루어지는 것이다. 굴복한 모래와 굴복하지 않은 모래 사이에 물질적으로 무슨 큰 차이가 있겠는가! 그리고 그것은 모든 인간도 마찬가지 아닐까? 변모한 이 사막을 마주하니, 어릴 적에 하던 놀이들, 우리가 신들로 가득 채웠던 어두운 황금빛 공원, 속속들이 다 알지도 못했을 뿐더러 다 파헤치지도 못했던, 1제곱킬로미터로 우리가 만들었던 한없이 넓은 왕국이 떠오른다. 우리가 이룩했던 그 폐쇄적인 문명 안에서는 발걸음에도 미학이 있었고, 사물들은 다른 어디에서도 허락된 적 없는 의미를 지니고 있었다. 우리가 어른이 되어 다른 법 아래서 살게 된 후, 어린 시절의 그림자로 가득했던 마술 같은 그 공원, 얼어붙은 듯 차갑기도 하고 불타는 듯 뜨겁기도 했던 그 공원에는 무엇이 남아 있을까? 이제 우리는 그곳으로 돌아가면, 절망 비슷한 것을 품은 채 공원 밖 나지막한 회색 돌담길을 따라 걷는다. 그러면서 무한하다고 믿었던 왕국이 그토록 좁은 울타리 안에 갇혀 있는 것을 보고 놀라고, 우리가 그 무한함 속으로 다시는 돌아갈 수 없으리라는 것을 깨닫는다. 돌아가야 할 곳은 그 공원이 아니라 그 놀이이기 때문이다.

하지만 이제 반군 지역은 없다. 쥐비곶, 시스네로, 푸에르토 칸사도, 사기아엘암라, 도라, 스마라, 이제 더 이상 신비는 없다. 우리가 달렸던 그 지평선들은 마치 미지근한 손에 잡히면 색을 잃는 벌레들처럼 그렇게 차례차례 빛이 바랬다. 그렇다고 해서 그 지평선들을 좇던 이가 환상의 노리개였다는 말은 아니다. 우리가 이같은 발견을 추구할 때 우리는 속은 것이 아니었다. 천일야화의 술탄 역시 속지 않았다. 그는 너무나 미묘한 것을 추구했기에 그의 포로가 된 미녀들은 손대기가 무섭게 날개의 황금빛을 잃고는 새벽녘 그의 품 안에서 한 명씩 죽어 갔다. 우리는 사막의 마법을 양식으로 삼았지만, 다른 이들은 그곳에 석유갱을 파고 그것을 팔아 부자가 되려고 할 것이다. 하지만 그들은 너무 늦게 왔다. 금지된 종려나무 숲이나 사람의 손이 닿지 않은 조개껍데기 가루가 우리에게 가장 귀한 부분을 넘겨주었기 때문이다. 그것들은 오직 열정적인 한때만을 내주었으며, 그때를 경험한 이가 바로 우리들이다.

* * *

사막? 어느 날 마음으로 그곳에 가닿는 것이 나에게 허락되었다. 1935년 인도차이나반도를 향한 공습이 한창이던 때, 나는 리비아 국경 지역에 인접한 이집트에서 끈끈한 무언가에 붙은 것처럼 사막에 사로잡혔고, 이제 죽겠구나 하고 생각했다. 그 이야기는 이러하다.

7장
사막 한가운데서

1

지중해에 이르자 낮은 구름들을 만났다. 나는 고도 20미터까지 내려갔다. 소나기가 앞 유리창을 때렸고, 바다로부터 연기가 피어오르는 것처럼 보였다. 나는 무엇이든 보려고, 또 배의 돛대에 부딪히지 않으려고 안간힘을 썼다.

엔지니어인 앙드레 프레보가 담배에 불을 붙여 준다.

"커피?"

그는 뒤쪽으로 사라졌다가 커피포트를 들고 다시 나타난다. 나는 커피를 마시고, 엔진 회전수 2100rpm을 유지하기 위해 이따금씩 엔진 가스 밸브를 튕긴다. 계기판을 쓱 살핀다. 나의 신하들은 잘 따라오고 있다. 바늘들이 모두 제자리에 있다. 빗속의 바다를 힐끗 본다. 커다랗고 뜨거운 냄비처럼 바다에서 김이 피어오른다. 내가 수상 비행기를 타고 있다면 바다가 너무 '움푹 팼다'고 아쉬워했을 것이다. 하지만 나는 그냥 비행기를 타고 있다. 움푹하든 아니든 나는 거기에 착륙할 수 없다. 이유는 잘 모르겠지만, 그것은 내게 안도감이라는 엉뚱한 감정을 가져다준다. 바다는 내 것이 아닌 세상의 일부이다. 여기에서 기체가 고장 난다고 해도 내가 관여할 일이 아니고, 나를 위협하지도 못한다. 어차피 바다에 대항할 장치는 아무것도 가지고 있지 않으니까.

1시간 반 동안 비행하고 나니 비가 그친다. 구름은 여전히 무척 낮게 떠 있지만, 이미 구름을 꿰뚫고 환한 미소와 같은 햇빛이 다시 비친다. 하늘이 천천히 개는 광경에 감탄한다. 머리 위로 솜처럼 하얀 구름이 얇게 덮여 있다고 짐작된다. 소나기를 피하기 위해 나는 비스듬히 돌아간다. 일부러 중심부를 관통할 필요는 없다. 여기 가장 먼저 찢어진 틈새가 있으니…….

나는 그것을 보지 않고도 예감했다. 왜냐하면 내 정면에 있는 바다 위로 초원의 색을 가진 가늘고 긴 띠가 보였기 때문이다. 그것은 일종의 초록 빛깔 오아시스였다. 세네갈에서 사막 상공을 3,000킬로미터 날아간 뒤 모로코 남부에 다다랐을 때 내 심장을 조이던 보리밭의 초록과도 비슷했다. 여기서 나는 또한 사람이 살 수 있는 지방에 도착했다는 느낌을 받고는 사소한 기쁨을 누린다. 나는 고개를 돌려 프레보에게 말한다.

"다 됐네, 좋았어!"

"그래, 좋았어."

튀니스. 연료를 채우는 동안, 나는 서류들에 서명을 한다. 하지만 사무실에서 나오는 그 순간, 다이빙할 때 나는 것처럼 "펑!" 하는 소리가 들린다. 울림이 없는 둔탁한 소리. 비슷한 소리를 들었던 순간도 기억이 난다. 격납고에서 폭발 사고가 있었다. 목이 쉬어 기침할 때 나는 것과 같은 탁한 소리와 함께 남자 두 명이 사망했다. 나는 활주로를 따라 뻗어 있는 도로 쪽으로 몸을 돌린다. 약간의 먼지가 피어오른다. 빠르게 달리던 두 대의 자동차가 충돌했고, 갑자기 모든 것이 얼어붙은 듯 정지했다. 사람들이 자동차로 달려가고, 또 다른 사람들은 우리를 향해 달려온다.

"전화를… 의사를… 머리가……."

가슴이 꽉 조여 온다. 저녁의 잔잔한 햇빛 속에서 운명은 지금 막 기습에 성공했다. 파멸된 아름다움, 지혜 또는 삶……. 비적들도 그런 식으로 사막에서 진군했고, 아무도 모래 위를 재빠르게 내딛는 그들의 발소리를 듣지 못했다. 야영지를 약탈할 때 잠시 떠들썩한 소리가 들려올 뿐이었다. 그리고 나서 모든 것은 다시 황금빛 침묵 속으로 되돌아갔다. 똑같은 평온함, 똑같은 침묵……. 내 근처에 있는 어떤 사람이 두개골 골절이라고 했다. 나는 이 움직일 수 없고 피가 흐르는 머리에 대해 알고 싶은 마음이 전혀 없다. 도로를 등지고 비행기로 되돌아온다. 하지만 마음속에는 위협의 느낌을 간직하고 있다. 그리고 나는 잠시 후면 다시 그 소리를 듣게 될 것이다. 시속 270킬로미터로 검은 모래 언덕을 세차게 긁고 지나갈 때도 똑같은 탁한 기침 소리를 듣게 될 것이다. 약속 장소에서 우리를 기다리고 있는 운명이 '억!' 하고 내는 소리를.

벵가지를 향해 출발.

2

출발. 해가 지려면 아직 두 시간이 남았다. 트리폴리타니아에 이르렀을 때, 나는 이미 선글라스를 포기했다. 사막은 황금빛으로 물들고 있다. 맙소사! 이 별엔 아무도 살지 않는다. 강과 나무 그늘, 사람이 사는 집 따위는 모두 행복한 우연들의 결합이라는 생각을 또 한 번 하게 된다. 이 별은 바위와 모래가 어찌나 막대한 비중을 차지하고 있는지!

하지만 이 모든 게 나와는 무관한 일이다. 나는 비행의 영역에 사는 사람이니까. 밤이 오는 게 느껴진다. 밤이면 사람들은 헤어날 길 없는 명상 속에서 스스로 사원에 틀어박히고 절대적인 종교의식에 몸을 맡긴다. 속세는 모두 지워지고 사라져 간다. 풍경 전체가 아직 금빛으로 물들어 있지만, 풍경 속의 무언가는 이미 증발하고 있다. 나는 이 시간만큼 가치 있는 것을 알지 못한다. 그런 것은 어디에도 없다고 장담한다. 비행에 대한, 말로는 설명할 수 없는 애정을 느껴 본 적이 있는 사람이라면 내 심정을 이해하리라.

나는 차차 햇빛을 포기한다. 기체 고장이 일어나면 나를 맞아 줄, 넓은 황금빛 벌판을 포기한다……. 나를 인도해 줄 표지들을 포기한다. 장애물을 피하게 해 줄 하늘에 걸린 능선들을 포기한다. 밤으로 들어간다. 비행한다. 내게 남은 것이라고는 별들뿐이다…….

세상의 죽음은 서서히 이루어진다. 빛이 조금씩 사라져 간다. 땅과 하늘이 서서히 섞여 든다. 땅이 솟아올라 수증기처럼 퍼지는 것 같다. 가장 먼저 모습을 드러낸 별들이 초록빛 물속에 잠긴 듯 명멸한다. 그 별들이 단단한 다이아몬드로 변하려면 아직 한참을 기다려야 한다. 별똥별의 소리 없는 장난을 보려면 아직 한참을 기다려야 한다. 어느 날은 한밤중에 불꽃이 길게 늘어지는 모습을 어찌나 많이 보았던지 마치 별들 사이로 거센 바람이 이는 것 같았다.

프레보는 고정등과 비상등을 시험해 본다. 우리는 붉은색 종이로 전구를 감싼다.

"한 겹 더 해……."

그는 한 겹을 덧대고는 스위치를 올린다. 빛이 아직 너무 밝다. 마치 사진관에 있는 것처럼 빛이 바깥세상의 희미한 영상을 덮어 버릴 것이다. 그리고 때로는 밤이 되어도 여전히 사물에 붙어 있는 얇은 살점들을 파괴할 것이다. 그런 밤이 되었다. 하지만 아직 진정한 밤은 아니다. 초승달이 남아 있으니까. 프레보는 뒤로 가서 샌드위치를 하나 가져온다. 나는 포도 한 송이를 깨작거린다. 배가 고프지 않다. 허기지지도 목마르지도 않다. 피로감이 전혀 없어서, 이대로 10년은 조종간을 잡을 수 있을 것 같다.

달이 죽었다.

뱅가지가 칠흑 같은 어둠 속에서 나타난다. 너무도 깊은 어둠 속에 잠겨 있어 빛이라고는 전혀 없다. 도시에 다 이르러서야 비로소 그곳임을 알아차렸다. 착륙장을 찾던 중, 마침 그곳의 적색 항공 표지등에 불이 들어온다. 불빛이 검은 직사각형 하나를 그리고 있다. 나는 선회한다. 하늘을 향해 있는 탐조등의 불빛이 화염이 분사되듯 쭉 뻗쳐올라 이리저리 비추다가 착륙장에 금빛 항공로를 그린다. 나는 한 번 더 선회하며 장애물을 확인한다. 이번 기항지의 야간 설비는 훌륭하다. 나는 속도를 줄이고 검은 물속에 잠기듯 고도를 낮춘다.

착륙 시각은 현지 시각으로 23시이다. 나는 탐조등 쪽으로 비행기를 몬다. 세상에서 가장 정중한 장교들과 군인들이 어둠 속에서 탐조등의 강한 빛 앞을 지나가며 모습을 숨겼다 보였다 한다. 그들은 내게서 서류를 받고는 연료를 가득 채운다. 나의 통행은 20분 내로 해결될 것이다.

"한 차례 선회한 다음에 우리 위로 지나가십시오. 안 그러면 비행기가 제대로 이륙했는지 모르니까요."

출발이다.

나는 금빛 항공로 위로 비행기를 몰아 장애물 없는 통로로 향한다. 내 비행기는 '코드롱 시문기'로, 활주로 끝까지 다 달리기도 전에 이륙한다. 탐조등이 뒤를 좇으며 빛을 비추니 선회하기가 거북스럽다. 마침내, 탐조등 불빛이 나를 놓아 준다. 내가 눈이 부시다는 것을 알아챈 모양이다. 내가 수직으로 반회전을 하자 탐조등 불빛이 다시금 얼굴을 때리지만, 빛이 비추기가 무섭게 나를 피해 기다란 금빛 피리를 다른 곳으로 향한다. 이런 배려에서 극도의 정중함이 느껴진다. 그리고 이제 나는 다시 사막을 향해 비행기를 돌린다.

파리, 튀니스, 벵가지의 기상 예보를 통해 시속 30 내지 40킬로미터의 순풍이 분다는 것을 알았다. 나는 시속 300킬로미터의 순항 속도를 예상한다. 알렉산드리아와 카이로를 연결하는 직선 항로의 중간 쪽으로 기수를 돌린다. 그러면 해안의 금지 구역을 피할 수 있을 것이고, 알 수 없는 편류가 분다 해도 왼쪽이나 오른쪽의 두 도시 중 하나의 불빛을 발견하고 가거나, 아니면 좀 더 범위를 넓혀 나일 계곡의 불빛을 보고 나아가게 될 것이다. 바람이 변하지 않는 한 3시간 20분을 비행하게 될 것이다. 바람이 약해지면 3시간 45분이 걸릴 것이다. 이제 나는 1,050킬로미터의 사막에 잠겨 들기 시작한다.

달빛도 사라졌다. 시커먼 아스팔트가 별까지 가닿았다. 불빛 하나 없어 어떤 표지의 도움도 받을 수 없고, 무선국이 없어 나일 계곡에 당도하기 전까지는 누구한테서 신호도 받지 못할 것이다. 나침반과 스페리 외에 다른 것은 확인할 엄두도 나지 않는다. 계기판의 어두운 스크린 위로 보이는 가느다란 라듐 광선의 느린 호흡 주기 외에는 아무것도 관심을 두지 않는다. 프레보가 움직일 때마다, 나는 달라진 무게 중심에 서서히 수평을 맞춘다. 기상 예보대로 순풍이 부는 지점에서 고도를 2,000까지 높인다. 한참의 간격을 두고 램프를 켜서 별로 밝지 않은 엔진의 계기판을 살펴보기도 하지만, 대부분은 어둠 속에 갇혀 별과 같은 광물성 빛—닿지 않는 비밀스러운 빛을 발하고, 같은 언어로 말하는 나의 작은 별

자리들—사이에서 시간을 보낸다. 나 역시 천문학자들처럼 천체역학 책을 읽는다. 나 역시 내가 학구적이며 순수하다고 느낀다. 바깥세상의 모든 불이 꺼졌다. 프레보는 내내 버티다 잠들고, 나는 나만의 고독을 더 깊이 맛본다. 엔진이 부드럽게 돌아가는 소리가 들리고, 내 앞의 계기판 위에서 모든 별들이 잠잠하다.

그동안 나는 명상에 잠긴다. 우리는 달빛의 도움도 받지 못하고, 무전도 없다. 우리가 나일강의 반짝이는 물줄기에 얼굴을 들이밀 때까지 세상과 우리를 이어 주는 것이라고는 아주 가느다란 끈 하나도 없을 것이다. 우리는 모든 것에서 벗어나 있으며, 오직 우리의 엔진만이 우리를 잡아 주고 이 아스팔트 속에서 견디게 해 준다. 우리는 동화에 나오는 거대한 어둠의 골짜기, 시험의 골짜기를 지난다. 이곳에 도움의 손길은 없다. 실수도 용인되지 않는다. 우리는 신의 처분에 달려 있는 것이다.

전기 장치의 접합부에서 한 줄기 빛이 새어 든다. 나는 프레보를 깨워 불빛을 없애라고 한다. 그는 어둠 속에서 곰처럼 어슬렁거리듯 몸을 흔들며 다가온다. 그는 손수건과 검은 종이로 뭔지 모를 것을 만드느라 여념이 없다. 빛줄기가 사라져 버렸다. 그것은 이 세상에 균열을 내고 있었다. 그것은 라듐의 희미하고 멀리 떨어진 빛과는 사뭇 달랐다. 나이트클럽의 빛이지 별빛이 아니었다. 가뜩이나 그것은 내 눈을 부시게 하고 다른 빛들을 지워 버렸다.

비행한 지 3시간째. 오른쪽에서 강렬한 빛이 비춘다. 그곳으로 눈을 돌린다. 그때까지 보이지 않던 날개 끝의 램프에 빛이 지나간 자취가 길게 늘어져 있다. 그것은 나타났다가 사라졌다가 하는 불연속적인 빛이다. 이제 나는 구름 속으로 들어간다. 구름에 내 램프가 반사된다. 표지 근처였다면, 맑은 하늘이 좋았을 것이다. 비행기 날개가 빛 무리 아래에서 환해진다. 빛은 날개에 멈추어 자리를 잡고 사방으로 뻗치며 장밋빛 다발을 만든다. 심한 난기류에 몸이 흔들린다. 나는 두께를 알 수 없는 뭉게구름 속 어딘가를 비행하고 있다. 2,500까지 고도를 높여 보지만 구름 위로 떠오르지 않는다. 꽃다발 같은 빛은 여전히 자리를 지키면서 꼼짝도 않고서 밝기를 더해 간다. 좋아, 괜찮아, 할 수 없지. 다른 것을 생각해 본다. 벗어날 수 있을 때를 기다려 보자. 하지만 싸구려 여인숙의 불빛 같은 이 빛은 싫다.

계산을 해 본다. '여기서는 조금 흔들리지만 그건 정상이다. 하지만 하늘이 맑고 고도도 적당한데 비행하는 내내 난기류를 만났다. 바람이 잦아들 생각을 안 하는 걸 보니 시속 300킬로미터를 넘어선 모양이군.' 결국, 정확히 아는 것이 하나도 없으므로 구름을 벗어나면 여기가 어디인지를 파악해야 한다.

마침내 구름을 벗어난다. 장밋빛 다발은 갑작스레 자취를 감춘 후였다. 그것이 사라짐으로 인해 무슨 일이 일어났단 걸 알게 된다. 앞을 보니, 아무것도 알아볼 수 없을 만큼 좁은 하늘 골짜기와 다음 뭉게구름의 벽이 보인다. 빛다발은 벌써 되살아난 후였다.

몇 초간을 제외하면 나는 이 성가신 구름을 벗어나지 못할 것이다. 끈질기게 달라붙는 녀석 때문에 비행한 지 3시간 30분이 지나자 불안해지기 시작한다. 예상대로 가고 있다면 나일강에 근접했을 터였다. 운이 좀 따른다면 구름 틈으로 나일강이 보이겠지만, 틈새가 그리 많지 않다. 고도를 더 낮추지도 못한다. 혹시 생각보다 속도가 나지 않았다면 아직 고지대 상공을 비행하고 있을 테니 말이다.

두려움은 여전히 없지만, 시간 낭비를 하게 될까 염려된다. 하지만 내 차분함에 한계를 설정한다. 4시간 15분의 비행. 그만큼 시간이 지난다면, 바람이 완전히 멎는다 해도, 아니, 그럴 수는 없는 노릇이니, 나일 계곡을 지나쳤을 것이다.

구름의 가장자리에 이르자, 빛다발은 갈수록 빠르게 명멸하더니 삽시간에 꺼진다. 나는 밤의 악마들과 나누는 이런 수수께끼 같은 대화가 싫다.

초록색 별 하나가 내 앞에 떠오르는데, 등대처럼 빛을 비추고 있다. 이것은 별일까 등대일까? 나는 초자연적인 빛도, 동방 박사의 별도, 위험한 초대도 좋아하지 않는다.

프레보는 잠에서 깨어나 엔진 계기판을 비추고 있다. 나는 그와 그의 램프를 밀어낸다. 나는 막 두 구름의 틈새에 접근했고, 그 사이로 밑을 내려다본다. 프레보는 다시 잠이 든다.

하지만 아무것도 볼 게 없다.

4시간 5분의 비행. 프레보가 내 옆에 와서 앉았다.

"카이로에 도착했을 시간인데……."

"나도 그렇게 생각해……."

"그런데 저건 별인가 등대인가?"

엔진 속력을 조금 줄였는데, 아마도 그 때문에 프레보가 깬 모양이다. 그는 비행 중에 들리는 온갖 소리들의 변화에 민감하다. 나는 구름 덩어리 아래로 스윽 빠져나가 볼까 싶어 서서히 고도를 낮춘다.

좀 전에 지도를 확인했다. 어쨌거나 고도 제로에 접근했는데, 위험한 것은 없었다. 계속해서 하강하고 정북 방향으로 선회한다. 그러면 창유리에 도시의 불빛이 비칠 것이다. 아마 그 도시들을 지나쳐 왔을 테니 왼쪽에서 보일 것이다. 이제는 뭉게구름 아래로 비행하고 있다. 하지만 내 왼쪽으로 더 낮게 내려가는 또 다른 구름이 뻗어 있다. 나는 구름 그물에 잡히지 않으려 선회해서 북북동 방향으로 진행한다.

이 구름은 틀림없이 더 낮게 내려와 내 시야를 다 가릴 것이다. 이제 더는 고도를 낮출 수 없다. 고도계의 숫자가 400에 이르렀지만, 이곳의 기압은 모른다. 프레보가 몸을 굽힌다. 나는 그에게 소리친다.

"이대로 바다까지 간다. 바다에 내려야겠어. 땅에 충돌하지 않으려면 그 방법밖에는……."

내가 이미 바다에서 표류하지 않았다는 증거는 없다. 구름 아래로 드리워진 어둠은 뚫을 길이 없다. 나는 창문에 꼭 붙는다. 발아래 상황을 읽으려 애쓴다. 불빛과 신호를 찾으려 애쓴다. 나는 잿더미를 뒤지는 사람이다. 아궁이 깊숙한 데서 생명의 불씨를 찾으려 기를 쓰는 사람이다.

"해안 등대다!"

우리는 동시에 그 명멸하는 함정을 발견했다! 이 무슨 미친 짓이란 말인가! 밤의 발명품, 이 유령 등대는 대체 어디에 있었단 말인가? 300미터 상공에서 비행기 날개 아래로 그 등대를 다시 찾으려고 우리가 몸을 구부린 바로 그 순간 갑자기…….

"아!"

나는 그것 말고는 달리 아무 말도 못했다고 생각한다. 우리 세상을 밑바닥부터 흔들어 놓는 엄청난 파열음 말고는 달리 아무것도 느끼지 못했다고 생각한다. 우리는 시속 270킬로미터로 지면에 충돌했던 것이다.

나는 이후 100분의 1초 동안 우리 둘을 뒤섞어 버릴 폭발의 커다란 자줏빛 별 말고는 달리 아무것도 기대한 바 없었다. 프레보도 나도 일말의 감정조차 느끼지 못했다. 나는 내 안에서 엄청난 기대, 바로 그 순간 우리를 흔적도 없이 사라지게 할 그 빛나는 별에 대한 기대만을 느꼈다. 하지만 자줏빛 별은 없었다. 그저 지진이 난 것처럼 조종실이 초토화되고, 창문은 뜯겨져 나가고, 금속판은 100미터 밖으로 날아가고, 우리의 내장까지 요란한 소리로 가득 찼다. 마치 멀리서 던져 단단한 나무에 꽂힌 칼처럼 비행기는 덜덜 떨어 댔다. 1초, 2초…… 비행기는 여전히 덜덜거렸고, 나는 비축된 연료가 유탄처럼 비행기를 폭파시키기를 무척이나 안달 난 상태로 기다렸다. 그러나 지하의 진동만 길어질 뿐 결정적인 분화로 이어지지는 않았다. 그래서 나는 이 눈에 보이지 않는 일에 대해 전혀 이해할 수 없었다. 그 진동도, 그 분노도, 그 끝 모를 유예도 이해할 수 없었다. 5초, 6초…… 그러다 갑자기 빙빙 돈다는 느낌이 들더니, 또다시 창밖으로 담배들이 내던져지는 충격이 일어났고, 비행기의 오른쪽 날개가 산산조각 난 뒤에야 잠잠해졌다. 얼어붙은 듯 고요할 뿐이었다. 나는 프레보에게 소리쳤다.

"빨리 뛰어!"

동시에 그도 소리쳤다.

"불이야!"

우리는 이미 뜯겨진 창을 통해 빠져나온 뒤였다. 비행기에서 20미터 떨어진 곳에 서 있었다. 나는 프레보에게 물었다.

"다친 데는?"

그가 대답했다.

"없어!"

하지만 그는 무릎을 문지르고 있었다.

나는 그에게 말했다.

"잘 만져 보고, 움직여 봐. 부러진 데 없는 거지?"

그러자 그가 대답했다.

"별거 아냐. 소방펌프가……."

나는 그가 머리부터 배꼽까지 갈라지면서 갑자기 푹 쓰러질 것이라고 생각했지만, 그는 시선을 고정한 채 이렇게 되뇌었다.

"소방펌프가……!"

나는 생각했다.

'미쳤네. 춤도 추겠다…….'

하지만, 불길을 피한 비행기에서 눈을 돌린 그는 나를 바라보며 말을 이었다.

"별거 아냐. 소방펌프에 무릎이 걸려 넘어졌어."

3

우리가 어떻게 살아남을 수 있었는지 이해가 안 된다. 나는 손전등을 들고 땅에 생긴 비행기의 흔적들을 따라 올라간다. 비행기가 정지한 위치에서 250미터 떨어진 곳에서부터 뒤틀린 고철들과 철판들, 모래를 여기저기 튀기며 비행기의 여정을 따라온 것들이 발견된다. 날이 밝으면 우리는 황량한 고원 꼭대기 부근의 완만한 경사면에 접선을 이루며 부딪쳤다는 사실을 알게 될 것이다. 충돌 지점의 모래에는 쟁기 날로 파낸 것 같은 구멍이 생겼다. 비행기는 전복되지 않고 성난 파충류가 꼬리를 흔들 듯 기체 하부를 움직이며 길을 냈다. 그것은 무려 시속 270킬로미터의 속도로 기어갔다. 우리의 목숨을 구한 것은 아마도 모래 위를 이리저리 굴러다니며 구슬 판을 만든, 이 동글동글하고 검은 돌 덕분인 듯하다.

프레보는 추후 누전으로 인한 화재를 방지하기 위해 축전지 전원을 차단한다. 나는 엔진에 등을 기대어 깊은 생각에 잠긴다. 4시간 15분을 비행하는 동안 시속 50킬로미터의 바람을 겪은 것일 수도 있다. 실제로 나는 몸이 흔들렸다. 하지만 기상 예보 이후에 바람의 방향이 바뀌었다면, 바람이 택한 방향을 내가 알 길이 없다. 그렇다면 나는 가로세로가 400킬로미터인 정사각형 안에 있는 셈이다.

프레보는 내 곁에 다가와 앉으며 말한다.

"살아 있다니 놀라워……."

나는 아무 말도 하지 않고, 어떤 기쁨도 느끼지 않는다. 어떤 사소한 생각이 떠올랐는데, 그게 내 머릿속을 헤집어 놓으면서 경미한 고통을 느끼고 있었다.

기준으로 삼기 위해 프레보에게 그의 램프를 켜 달라고 부탁하고, 나는 손전등을 들고 앞으로 나아간다. 조심스럽게 땅을 살핀다. 천천히 앞으로 걸어간다. 크게 반원으로 돌고 방향을 수차례 바꾼다. 잃어버린 반지라도 찾는 것처럼 계속해서 바닥을 샅샅이 뒤진다. 그런 식으로 조금 전에는 숯덩이가 된 잔해를 찾았다. 나는 손전등이 만드는 하얀 원반 위로 몸을 수그린 채 계속해서 어둠 속으로 나아간다. 그래 그렇게…… 그렇구나……. 나는 천천히 비행기 쪽으로 돌아온다. 조종실 근처에 앉아 명상에 잠긴다. 희망을 가져야 하는 이유를 찾고 있었지만 찾지 못했다. 삶이 주는 신호를 찾고 있었지만, 삶은 내게 어떤 신호도 주지 않았다.

"프레보, 풀 한 포기도 안 보여……."

그가 아무 말도 하지 않아 내 말을 들었는지 알 수 없다. 밤의 장막이 걷히고 날이 밝으면 우리는 다시 이야기할 것이다. 나는 급격한 피로를 느끼며 생각한다. '대략 400킬로미터 범위! 사막에서!' 나는 갑자기 펄쩍 뛰며 말한다.

"물!"

연료 탱크와 오일 탱크에 구멍이 났다. 물탱크도 마찬가지였다. 모래가 그걸 모두 마셔 버렸다. 우리는 산산조각 난 커피포트 바닥에서 0.5리터의 커피를, 또 다른 보온병 바닥에서 화이트와인 0.25리터를 찾아낸다. 그 커피와 와인을 불순물은 걸러 내고 섞는 다. 포도 조금과 오렌지 한 개도 찾아낸다. 나는 계산해 본다.

"사막의 태양 아래서 5시간을 걸으면, 다 없어지겠군……."

우리는 조종실에 자리를 잡고 날이 밝기를 기다린다. 나는 몸을 쭉 펴고 누워 눈을 붙인다. 잠들면서 우리의 비행을 평가해 본다. 우리는 여기가 어딘지 모른다. 마실 수 있는 것이 1리터도 남지 않았다. 우리가 올바른 항로 근처에 있다면, 사람들은 일주일이면 우리를 찾아낼 수 있을 것이다. 그것이 우리가 기대할 수 있는 최선이다. 하지만 그때도 이미 너무 늦다. 하지만 항로를 옆으로 벗어났다면 여섯 달은 지나야 우리를 찾아낼 수 있으리라. 비행기들에게 기대를 걸어서는 안 된다. 그들이 수색해야 할 범위는 3,000킬로미터에 달할 것이다.

"아! 아깝다……."

프레보가 내게 말한다.

"뭐가?"

"한 방에 끝낼 수도 있었잖아……!"

하지만 그렇게 빨리 포기해서는 안 된다. 프레보와 나는 냉정을 되찾는다. 아무리 가능성이 적을지라도 공중에서 기적적으로 구조될 수 있는 기회를 놓칠 수는 없다. 또, 여기 가만히 머물러 있음으로써 가까이에 있을지도 모르는 오아시스를 놓쳐서도 안 된다. 날이 밝으면 우리는 하루 종일 걸을 것이다. 그리고 다시 비행기로 돌아올 것이다. 그리고 길을 떠나기 전, 모래 위에 큼지막한 대문자로 우리 계획을 적어 둘 것이다.

나는 공처럼 몸을 둥글게 말고 새벽까지 잠을 자려고 한다. 잠을 잘 수 있다는 사실이 몹시 만족스럽다. 피로가 나를 겹겹이 감싼다. 사막에서 나는 혼자가 아니다. 나의 선잠엔 목소리, 추억, 속삭이던 마음속 이야기들이 가득하다. 나는 아직은 목마르지 않고, 기분이 좋았고, 모험에 뛰어들듯 잠에 전념한다. 현실은 꿈 앞에서 자리를 잃는다……

아! 날이 밝고 찾아온 현실과는 정말 얼마나 다르던지!

4

나는 사하라 사막을 정말 사랑했다. 반군 지역에서 여러 밤을 보냈고, 바람이 바다에서처럼 물결 자국을 남기는 그 황금빛 대지에서 잠을 깼다. 비행기 날개 아래서 잠을 자면서 구조를 기다렸다. 하지만 이번에는 그에 비할 바가 아니었다.

우리는 굽이진 언덕 경사면 위를 걷는다. 모래 바닥은 반짝이는 검은 조약돌 층으로 한 겹 덮여 있다. 그것은 비늘처럼 얇은 금속 조각들 같아서, 우리를 둘러싼 둥근 모래 언덕들이 전부 갑옷을 입은 듯 빛난다. 우리는 광물의 세계에 떨어졌다. 우리는 철의 풍경에 갇히고 말았다.

첫 번째 능선을 넘자 저 멀리 비슷하게 생긴, 또 다른 반짝이는 검은 능선이 나타난다. 우리는 나중에 되돌아올 수 있도록 발아래 모래를 긁어 파서 흔적을 남긴다. 우리는 태양을 향해 앞으로 나아간다. 정동 방향으로 가기로 결심한 것은 모든 논리에 반하는 일이다. 왜냐하면 날씨도 그랬고, 비행시간도 그랬고, 아마 나일강을 건너왔을 거라는 생각이 들기 때문이다. 하지만 잠깐 동안 서쪽으로 가려고 시도했으나 나는 무언가 설명할 수 없는 불편함을 느꼈다. 그래서 서쪽은 내일 다시 시도해 보자고 미뤄 놓았다. 그리고 바다로 향하는 북쪽도 잠시 제쳐 두었다. 사흘 뒤, 반쯤 정신이 나간 상태에서 우리는 비행기를 포기하고 쓰러질 때까지 앞으로 걷기로 최종 결정했고, 우리가 향한 곳은 여전히 동쪽이었다. 더 정확히 말하면 동북동 방향. 하지만 이것 역시 모든 이성적 사고에 반하는 일이었으며, 희망과도 정반대 방향이었다. 훗날 구조되고 나서 우리는 그 어떤 방향으로 갔어도 살아 돌아올 수 없었으리라는 걸 알게 된다. 북쪽으로 향했더라면 너무 기진맥진해져서 끝내 바다에 도달할 수 없었을 것이다. 지금 생각해 봐도 터무니없지만, 당시 우리의 선택을 도와줄 어떤 표지도 없는 상황에서, 내가 안데스산맥에서 그토록 찾아다녔던 나의 벗 기요메의 목숨을 구했던 방향이라는 단 하나의 이유로, 나는 그 방향을 선택했다. 그 방향은 어렴풋이 내게 생生의 방향이 되었다.

5시간을 걷고 나니, 풍경이 달라진다. 모래로 된 강이 계곡 사이를 흐르는 것 같았고, 우리는 계곡의 골짜기로 들어선다. 우리는 성큼성큼 걷는다. 가능한 가장 멀리 가야하고, 아무것도 찾지 못한다면 밤이 되기 전에 돌아와야 한다. 그러다 갑자기 나는 멈춰 선다.

"프레보."

"응?"

"흔적들이……."

대체 얼마나 오랫동안 우리는 뒤에 흔적을 남기는 것을 잊었던 가? 흔적을 찾지 못한다면 바로 죽음이다.

우리는 되돌아간다. 하지만 오른쪽으로 비스듬히 돌아간다. 충분히 멀리 간 다음, 첫 번째 방향과 수직이 되도록 회전하면 여태껏 우리가 그어 온 선들과 만날 수 있다.

선을 다시 이은 뒤, 우리는 다시 길을 떠난다. 열기가 올라오고, 그와 함께 신기루가 생긴다. 하지만 아직은 아주 기본적인 신기루일 뿐이다. 커다란 호수들이 만들어졌다가 우리가 다가가면 사라진다. 우리는 모래 계곡 너머 지평선을 보기 위해 가장 높은 언덕 꼭대기에 올라가기로 결심한다. 우리는 이미 6시간째 걷고 있다. 큰 보폭을 감안해 계산하면 35킬로미터는 걸었을 것이다. 검은 산등성이 꼭대기에 다다르자, 그곳에 조용히 앉는다. 발아래 모래 계곡은 돌멩이 하나 없는 모래사막으로 이어지는데, 그 눈부신 새하얀 빛에 눈이 타들어 가는 듯하다. 아득히 빈 공간이다. 하지만 수평선에는 빛의 장난으로 벌써부터 당혹스러운 신기루들이 일어난다. 요새와 첨탑 들, 직선으로 이루어진 기하학적 도형들이 나타난다. 수풀로 가장한 커다랗고 검은 얼룩도 보인다. 하지만 그것은 낮에는 사라졌다가 오늘 밤 다시 나타날 구름들 중 맨 뒤에 있는 구름 위로 불쑥 나와 있다. 얼룩은 뭉게구름의 그림자일 뿐이다.

앞으로 더 가 봤자 소용없다. 이런 시도로는 어디에도 도달하지 못한다. 비행기로 되돌아가야 한다. 어쩌면 동료들이 그 빨간색과 하얀색의 항로 표지를 발견했을 수도 있으니까. 동료들의 수색에 어떤 기대를 품은 건 아니지만, 그것이 우리가 구조될 수 있는 유일한 가능성처럼 보인다. 그리고 마지막 남은 마실 것들을 비행기에 놓고 왔고, 벌써부터 그걸 꼭 마셔야만 했다. 살기 위해선 반드시 돌아가야 한다. 우리는 갈증을 스스로 다스릴 수 있는 아주 짧은 순간, 그 강철 같은 순환 속에 갇힌 포로이다.

하지만 삶을 향해 걸어가고 있을지도 모르는데 되돌아간다는 건 얼마나 어려운 일인가! 신기루 너머 지평선에는 어쩌면 정말 사람이 사는 도시가, 담수가 흐르는 운하와 풍요로운 초원이 존재할지도 모른다. 나는 돌아가는 것이 옳다는 걸 안다. 그러나 냉정하게 방향을 바꾸면서, 나는 절망감에 사로잡힌다.

우리는 비행기 근처에 누웠다. 60킬로미터 이상을 걸었다. 마실 것도 동이 났다. 동쪽에서는 아무것도 발견하지 못했고, 이 지역을 수색한 동료도 없었다. 우리가 얼마나 버틸 수 있을까? 벌써 이토록 목이 마른데…….

우리는 산산조각 난 날개의 파편 몇 개를 가져다가 커다란 장작더미를 쌓았다. 하얗고 강렬한 빛을 내뿜는 마그네슘 판과 가솔린도 준비했다. 우리는 불을 피워 올리기 위해 밤이 찾아와 충분히 어두컴컴해지길 기다렸다. 하지만 대체 사람들은 어디에 있는 것일까?

이제 불꽃이 솟아오른다. 우리는 경건하게 사막 한가운데에서 우리의 표식이 타는 것을 바라본다. 어두운 밤 속에서 환하고 고요한 메시지가 빛나는 것을 바라본다. 그리고 우리의 메시지는 비장한 호소를 싣고 있지만 애정도 많이 담고 있다고 생각한다. 우리는 마실 것을 요청하지만 대화할 것도 요청한다. 또 다른 불이 어둠 속에서 타오르기만 한다면, 불을 다루는 것은 인간들뿐이니 그들이 우리에게 답한 것이리라!

아내의 눈이 다시 보인다. 그 두 눈 말고는 아무것도 보이지 않는다. 눈이 내게 묻는다. 어쩌면 나를 소중히 여겼을 모든 사람들의 눈이 다시 보인다. 그 눈들이 내게 묻는다. 모든 시선들이 나의 침묵을 비난한다. 나는 대답한다! 대답한다! 온 힘을 다해 대답하지만, 어둠 속에서 이보다 더 환하게 타오르는 불꽃을 만들 수는 없다!

나는 내가 할 수 있는 건 다 했다. 우리는 우리가 할 수 있는 건 다 했다. 거의 물 한 모금도 마시지 않고 60킬로미터를 걸었다. 이제 더는 무언가 마실 수도 없다. 충분히 오래 기다리지 못한다면, 그건 우리의 잘못일까? 우리는 수통 속의 물을 마시면서 이곳에서 얌전히 머무를 수도 있었다. 하지만 주석 잔 바닥에 있는 마지막 모금을 들이마셨던 순간부터 시계가 작동하기 시작했다. 마지막 방울을 핥은 순간부터 나는 경사면을 내려가기 시작했다. 시간이 강물처럼 나를 실어 가는데 내가 과연 무엇을 할 수 있단 말인가? 프레보가 눈물을 흘린다. 나는 그의 어깨를 두드려 준다. 그를 위로하려고 이렇게 말한다.

"이대로 끝이라면 끝인 거지, 뭐."

그가 대답한다.

"내가 나 때문에 우는 거라고 생각한다면⋯⋯."

그렇다, 물론, 나는 그 분명한 사실을 벌써 알고 있었다. 견디지 못할 것은 아무것도 없다. 나는 내일 그리고 모레 알게 될 것이다. 정말이지 견디지 못할 것은 없다는 걸. 나는 고통을 절반만 믿는다. 나는 이미 그에 대해 고찰해 본 적이 있다. 하루는 조종실에 갇혀 물에 빠져 죽는다고 생각했다. 하지만 많이 고통스럽진 않았다. 몇 번인가 머리가 부서질 뻔한 적도 있었지만, 그게 중대한 사건으로 여겨지지 않았다. 이곳에서도 그다지 불안을 느끼지 못할 것이다. 내일이면 더 이상한 것들에 대해 알게 될 것이다. 저 커다란 불꽃에도 불구하고, 내가 이미 사람들이 내 존재를 알아차려 주리란 기대를 버렸단 걸 신만이 아시겠지⋯⋯!

'나 때문에 우는 거라고 생각한다면⋯⋯' 그래, 그렇다, 견딜 수 없는 것은 이것이다. 나를 기다리는 그 눈들을 다시 볼 때마다 타들어 가는 통증을 느낀다. 갑자기 벌떡 일어나서 앞만 보고 일직선으로 달려가고 싶어진다. 저기서 사람들이 살려 달라고 외치고 있다! 저기 사람들이 난파당했다!

이상하게 역할이 뒤바뀌었지만, 나는 항상 그렇게 생각했다. 그렇지만 완전히 확신하려면 내겐 프레보가 필요했다. 그렇다, 프레보 또한 귀에 못이 박히도록 들어 왔던 죽음 앞에서 불안해하지 않을 것이다. 하지만 그가 감당할 수 없는 어떤 것이 있고, 내게도 그렇다.

아! 나는 기꺼이 잠들고 싶다. 밤새 혹은 수 세기 동안. 잠들기만 한다면 나는 하룻밤이든 수 세기든 그 차이를 전혀 알지 못하리라. 게다가 그 고요란! 하지만 저곳에서 질러 대는 그 외침들, 절망이라는 그 커다란 불꽃들……. 그런 것들은 견딜 수가 없다. 난파되는 장면을 보면서 팔짱만 끼고 있을 수는 없다. 침묵의 순간순간마다 내가 사랑하는 사람들은 조금씩 죽어 간다. 그리고 커다란 분노가 내 안에서 일어난다. 왜 이 사슬들은 제때 도착해 침몰하는 그들은 구조하려는 나를 방해하는가? 왜 우리의 불꽃은 우리의 외침을 세상 끝까지 데려가지 못하는가? 기다려요! 우리가 갈게요! 우리가 갈게요! 당신들을 구해 줄 사람입니다!

마그네슘은 다 타 버렸고, 우리의 불꽃은 붉게 변한다. 여기엔 이제 숯 더미만 남았고, 우리는 몸을 숙여 불을 쪼였다. 우리의 커다랗고 환한 메시지는 끝났다. 그것이 세상의 무엇을 움직였을까? 아! 그것이 아무것도 움직이지 못했다는 것을 잘 안다. 그것은 닿지 못한 기도였다.

좋다. 나는 자러 갈 것이다.

5

아침 일찍, 우리는 헝겊으로 비행기 날개를 닦아 페인트와 기름이 섞인 이슬 한 모금을 얻었다. 역겨운 냄새가 났지만 우리는 그걸 마셨다. 별수 없이 입술만이라도 축인 것이다. 잔치가 끝나자 프레보가 내가 말했다.

"다행히 권총이 있었어."

나는 갑자기 공격적으로 변해 엄청난 적대감을 가지고 그를 돌아봤다. 나는 그 순간 감정의 토로만큼 증오스러운 것이 없었다. 나는 모든 것이 단순하다고 여기고 싶은 강한 욕구를 느꼈다. 태어나는 것도 성장하는 것도 단순하다. 그리고 목말라 죽는 것도 단순하다.

그리고 나는 곁눈질로 프레보를 살폈다. 필요하다면 그가 입을 다물도록 한껏 상처 줄 준비가 되어 있었다. 하지만 그는 평온하게 내게 이야기했다. 위생 문제라도 다루듯이, 마치 "손을 씻어야 해." 하고 말하는 것처럼 이 주제에 접근했다. 그렇다면 우리의 의견은 일치한다. 나도 어제 이미 가죽 케이스를 보면서 골똘히 생각했다. 나의 생각은 합리적이었지만 비장하진 않았다. 비장한 것은 관계들뿐. 우리가 책임지고 있는 사람들을 안심시키지 못하는 무능함뿐이지, 그 권총이 아니다.

사람들은 여전히 우리를 찾지 못하고 있다. 아니, 더 정확히 말하면, 사람들은 틀림없이 우리를 다른 데서 찾고 있다. 아마 아라비아반도 같은 곳에서. 게다가 우리가 비행기를 두고 길을 떠나면 내일이 되기 전까지 다른 비행기 소리는 절대 듣지 못할 것이다. 그리고 저 멀리 비행기 한 대가 지나간대도 상관하지 않으리라. 사막에 있는 천 개의 검은 점들과 뒤섞인 검은 점, 그걸 알아봐 주길 바랄 수는 없는 것이다. 내가 이 괴로움에 대해 깊이 생각하리라는 사람들의 짐작은 완벽히 틀렸다. 나는 전혀 괴로워하지 않을 것이다. 내게 구조대는 다른 세계에서 떠도는 것처럼 느껴질 것이다.

3,000킬로미터 범위 내에 있다는 것 외에는 위치를 알 수 없는 비행기 한 대를 찾아내려면 보름이 걸린다. 우리를 찾으려면 트리폴리타니아에서 페르시아에 이르기까지 수색해야만 할 것이다. 그렇지만 오늘도 여전히 나는 아주 희박한 가능성을 남겨 두고 있었다. 왜냐하면 다른 방도가 없으니까. 그리고 전략을 바꿔서 나 혼자 길을 떠나기로 한다. 프레보는 불을 피울 준비를 해 두고, 누군가 오면 불을 피울 것이다. 하지만 누군가 찾아오는 일은 없을 것이다.

그래서 나는 떠난다. 내게 돌아올 힘이 있을지조차 모르면서. 리비아 사막에 대해 알고 있는 것을 머릿속에 떠올린다. 사하라 사막이 습도가 40퍼센트 정도로 유지된다면 여기는 습도가 18퍼센트까지 떨어진다. 그래서 생명은 수증기처럼 증발해 버린다. 베두인족과 여행자들, 식민지 장교들이 가르쳐 주길, 사람은 물 한 모금 없이 19시간을 버틸 수 있다고 한다. 20시간이 지나면, 두 눈은 빛으로 가득 차고, 생애 마지막 순간이 시작된다. 갈증의 행군은 어느 순간 급격히 빨라진다.

그러나 이 북동풍, 모든 예상을 빗나가 우리를 기만했던 저 비정상적인 바람이 우리를 이 고원에 꼼짝없이 묶어 놓더니 이제는 우리의 삶을 연장시키고 있다. 하지만 첫 번째 빛이 차오를 때까지 우리에게 허락된 유예 기간은 얼마나 될 것인가?

그래서 나는 떠난다. 비록 망망대해에 카누를 끌고 나가는 짓일지라도.

그래도 새벽빛 덕분에 그 풍경이 덜 침울해 보인다. 일단 농작

물이나 훔치는 도둑놈처럼 주머니에 손을 넣고 걷는다. 어제 저녁, 우리는 정체를 알 수 없는 땅굴 몇 곳에 올가미를 던져 놓았다. 내 안에서 밀렵꾼의 본능이 깨어난다. 먼저 덫을 확인하러 간다. 모두 비어 있다.

피 한 방울도 마시지 못하리라. 사실, 기대도 안 했지만.

나는 결코 실망하지 않았다. 오히려 호기심이 생긴다. 이 동물들은 사막에서 대체 뭘 먹고 사는 거지? 여기 사는 동물들은 아마도 토끼만 한 몸집에 커다란 귀를 가진 작은 육식 동물, '페넥'이라고 불리는 사막 여우일 것이다. 나는 욕망을 참지 못하고, 그중한 놈의 발자국을 따라간다. 발자국을 따라가니 좁은 모래 하천이 나오는데, 그곳에는 발자국이 전부 선명하게 찍혀 있다. 나는 부채꼴로 펼쳐진 세 발가락이 만든 예쁜 종려나무 잎 문양에 감탄한다. 내 친구 사막 여우가 새벽에 사뿐히 뛰어다니며 돌 위에 맺힌 이슬을 핥아 먹는 모습을 상상해 본다. 여기서 발자국 간격이 넓어진다. 나의 사막 여우는 달렸다. 여기서 다른 한 마리가 자기 동료를 찾으러 왔고, 나란히 뛰어갔다. 그렇게 나는 야릇한 즐거움을 느끼며 그 아침 산책을 관람한다. 나는 그런 삶의 표시들이 좋다. 덕분에 내가 목이 마르다는 사실을 잠시 잊는다…….

마침내 나는 내 여우들의 먹이 창고에 도달한다. 평평한 지대에 100미터 간격으로 스프 그릇만 한 마른 소관목이 있고, 그 줄기에는 조그마한 황금빛 달팽이들이 가득하다. 사막 여우는 새벽이면 풍부한 먹이 창고로 간다. 여기서 나는 엄청난 자연의 신비와 맞닥뜨린다.

나의 사막 여우는 소관목마다 멈춰 서지 않는다. 달팽이가 잔뜩 매달려 있어도 거들떠보지도 않는가 하면, 유난히 신중하게 빙 둘러 피해 가는 관목도 있다. 또 다가가더라도 달팽이들을 남김없이 약탈하지 않는다. 거기서 두세 마리만 취하고 다른 식당으로 간다.

아침 산책을 좀 더 즐기기 위해 단번에 허기를 채우지 않고 장난을 치는 걸까? 나는 그렇게 생각하지 않는다. 사막 여우의 놀이는 필수적인 전략과 완벽히 맞아떨어진다. 만일 그 사막 여우가 첫 번째 나무에서 배불리 먹는다면 두세 끼니만에 거기 있는 먹이를 모조리 해치울 것이다. 그렇게 이 나무에서 저 나무로 옮겨 다닌다면 달팽이 양식장은 사라질 것이다. 하지만 사막 여우는 파종播種을 방해하지 않으려고 매우 조심한다. 단 한 끼를 위해 백여 개의 갈색 빛 작은 수풀들에게 말을 건네지만, 같은 가지에 나란한 두 달팽이는 절대로 떼어 먹지 않는다. 위험을 자각하고 있는 듯 이 모든 일들이 일어난다. 여우가 조심성 없이 실컷 먹어 치웠다면 달팽이는 남아나지 않았을 것이다. 달팽이들이 없어지면 사막 여우도 결코 존재할 수 없다.

발자국을 따라 나는 다시 땅굴로 돌아온다. 그 안에서 사막 여우는 아마 요란하게 울리는 내 발소리를 듣고 겁에 질린 채, 바깥 소리에 귀 기울이고 있을 것이다. 나는 사막 여우에게 말한다.

"작은 여우야, 나는 이제 틀렸어. 하지만 신기하기도 하지. 그런데도 난 네 기분이 어떨까 하는 데 관심이 있거든……."

그리고 나는 그곳에 서서 몽상에 잠긴다. 사람은 그 무엇에도 적응할 수 있는 것 같다. 자신이 30년쯤 후에 죽을지도 모른다는 생각은 한 인간의 즐거움을 망치지 못한다. 30년과 사흘……. 그 것은 관점의 문제이다.

하지만 어떤 이미지들은 잊어버려야 한다…….

이제 나는 다시 나의 길을 가고 있다. 그리고 벌써 피로가 몰려 와 내 안에서 무언가가 변화하고 있다. 신기루가 거기 없다면 내 가 그걸 만들어 낸다…….

"어이!"

나는 소리를 지르며 두 팔을 치켜들었다. 하지만 손짓하던 그 사람은 실은 검은 바위에 지나지 않았다. 사막에서는 모든 것이 이미 살아 움직이고 있다. 나는 잠자고 있던 그 베두인을 깨우고 싶었지만, 그는 검은 나무줄기로 변했다. 나무줄기가 있다고? 나 는 놀라서 몸을 굽힌다. 부러진 나뭇가지를 주우려고 했지만, 그 건 대리석으로 만든 나뭇가지다. 나는 다시 상체를 일으켜 주변을 살핀다. 다른 검은색 대리석들이 보인다. 노아의 대홍수 이전의 숲이 나무토막들을 바닥에 흩뿌려 놓았다. 숲은 10만 년 전, 창세 기 때의 폭풍우 속에서 성당처럼 무너졌다. 그리고 수 세기가 흐 르면서 화석처럼 딱딱해지고, 유리처럼 투명해지고, 잉크 빛을 띠 게 된 이 강철 조각들, 이 반들반들한 거대 기둥들이 내가 있는 곳 까지 굴러온 것이다. 아직도 가지의 마디마디가 구분되고, 생명의 뒤틀림을 알아볼 수 있다. 나는 나이테를 세어 본다. 새들과 음악 으로 가득했던 이 숲은 저주를 받아 소금으로 변했다. 나는 이 풍경이 내게 가혹하다고 느낀다. 모래 언덕의 강철 갑옷보다 더 까맣고 성대한 잔해들이 나를 거부한다. 대체 이곳에서, 이 썩지 않는 대리석들 사이에서 살아 있는 내가 해야 할 일이 무엇일까? 소멸해 버릴 나, 썩어 없어질 내 육신이 이 영원 속에서 할 일이 무어 있겠는가?

어제부터 난 이미 80킬로미터 이상을 걸었다. 이 현기증은 아마 갈증 때문이리라. 혹은 태양 때문이겠지. 태양은 기름칠한 것처럼 보이는 이 나무줄기들 위에서 빛난다. 태양은 이 만물을 감싼 등딱지 위에서 빛난다. 여기엔 모래도 여우도 없다. 이곳엔 거대한 쇠모루만 있을 뿐이다. 그리고 나는 이 모루 위를 걷고 있다. 머릿속에서 태양이 윙윙거리는 느낌이다. 아! 저기에……

"어이! 어이!"

"저기에는 아무것도 없어. 동요하지 마. 망상이야."

그렇게 나는 혼잣말을 한다. 내 이성을 불러올 필요가 있기 때문이다. 내가 보고 있는 것을 거절하기가 너무 힘드니까. 대상 행렬을 향해 달려가지 않도록 참는 게 너무 힘드니까…… 저기…… 저기 보이잖아!

"멍청이, 저걸 만들어 낸 건 너라는 걸 잘 알면서……."

"그래, 세상에 진실한 건 아무것도 없어……."

내게서 20킬로미터 떨어진 모래 언덕 위 십자가가 진짜가 아니라면, 그 어떤 것도 진실한 것은 없다. 저 십자가 혹은 저 등대…….

하지만 저쪽은 바다로 가는 방향이 아니다. 그러니 저것은 십자가이다. 밤새 나는 지도를 연구했다. 하지만 내 현재 위치를 모르기 때문에 그 연구는 소용이 없었다. 그래도 인간의 존재를 알려 주는 모든 표시들을 연구했다. 그리고 어딘가에서 작은 원 위에 그려진, 저것과 유사한 십자가를 발견했다. 지도의 범례를 보니 '종교 시설'이라고 되어 있었다. 십자가 옆에 검은 점이 보였다. 다시 범례를 보니 '마르지 않는 우물'이라고 되어 있었다. 나는 심장에 커다란 쇼크가 왔고 다시 한 번 큰 목소리로 범례를 읽었다. '마르지 않는 우물…… 마르지 않는 우물…… 마르지 않는 우물!' 알리바바와 그의 보물들이란 마르지 않는 우물이 아니었을까? 조금 떨어진 곳에 두 개의 하얀 원 표시가 있었다. 범례를 보니 '임시 우물'이라고 되어 있었다. 그건 이미 덜 중요했다. 그리고 주위를 아무리 둘러봐도 더는 아무것도 없었다. 아무것도.

저기 나의 종교 시설이 있다! 수도사들은 난파당한 사람들을 위해 모래 언덕 위에 커다란 십자가를 세웠다. 나는 그저 십자가를 향해 걸어가기만 하면 된다. 그저 성 도미니크회 수도사들을 향해 뛰어가기만 하면 된다.

"그런데 리비아에는 콥트 파* 수도원밖에 없는데."

"……저 부지런한 도미니크회 수도사들을 향해 가는 거야. 그들에게는 붉은색 타일을 깐 멋스럽고 쾌적한 부엌이 있고, 마당에는 녹이 슨 훌륭한 펌프가 있지. 그 녹슨 펌프 아래에는, 녹슨 펌

---

* 이집트 기독교도.

프 아래에는, 짐작했겠지만…… 그 아래에 마르지 않는 우물이 있어! 아! 내가 현관 벨을 누르면, 내가 커다란 종의 줄을 잡아당기면, 그곳은 아마 축제 분위기일 테지……."

"멍청하긴, 넌 지금 프로방스의 집을 그리고 있잖아. 게다가 그 지방은 종을 달지 않는다고."

"내가 종에 달린 줄을 잡아당기면! 문지기가 하늘을 향해 두 팔을 벌리면서 내게 외치겠지. '주님이 보내신 분이군요!' 그리고 모든 수도사들을 부르러 갈 것이다. 곧 나를 보러 몰려들 것이다. 가난한 아이 대하듯 나를 열렬히 환대해 줄 것이다. 나를 주방 쪽으로 떠밀겠지. 그리고 내게 말할 것이다. '잠깐만요, 잠깐만 젊은이, 마르지 않는 우물까지 달려갔다 오겠소…….' 나는 행복으로 전율할 것이다……."

하지만, 아니, 난 울고 싶지 않다. 언덕 위 십자가가 더 이상 존재하지 않는다는 그 이유만으로 울고 싶지 않다.

서쪽의 약속은 다 거짓말일 뿐이다. 나는 정북쪽으로 방향을 바꾸었다.

북쪽은 적어도 바다의 노랫소리로 가득하다.

아! 이 봉우리만 넘으면 수평선이 펼쳐진다. 저기 세상에서 가장 아름다운 도시가 있다.

'잘 알겠지만…… 이건 신기루야.'

나는 그것이 신기루라는 것을 너무나 잘 안다. 나를 속이려 하다니, 나를! 하지만 내가 신기루에 빠져들길 원한다면? 희망을 가지는 게 좋다면? 온통 햇빛으로 장식된 이 톱니 모양의 도시를 사랑하고 싶다면? 빠른 걸음으로 곧장 나아가고 싶다면 어쩔 텐가? 더는 피곤함도 느끼지 않으며 행복할 수 있다는 이유로 그렇게 한다면……. 프레보와 그의 권총이라, 좀 웃어야겠다. 나는 취한 상태인 게 나았다. 나는 취했다. 나는 목말라 죽어 간다!

석양이 내 취기를 가시게 한다. 나는 불현듯 멈춰 선다. 너무 멀리 온 것 같아 두려워진다. 석양빛에 신기루가 사라진다. 지평선은 화려한 행렬, 궁궐들, 성직자의 의복들을 걷어 낸다. 그것은 이제 사막의 지평선일 뿐이다.

"멀리도 왔군! 하지만 밤이 곧 너를 따라잡을 거야. 너는 날이 밝을 때까지 기다려야 할 거고, 내일이면 네가 남긴 흔적들은 사라질 것이고, 너는 그 어디에도 존재하지 않겠지."

"그러니까 그냥 앞으로 똑바로 걸어…… 되돌아가 봤자 무슨 소용이 있겠어? 다시는 방향을 바꾸고 싶지 않아. 그러다 어쩌면 바다를 향해 두 팔 벌릴 수 있다면, 내가 그럴 수 있다면……."

"어디서 바다를 봤는데? 너는 결코 바다에 이르지 못할 거야. 300킬로미터의 거리가 틀림없이 너를 갈라놓겠지. 그리고 프레보는 비행기 근처를 지키고 있어! 어쩌면 대상 행렬이 그를 발견했을지도……."

그래, 다시 돌아가겠어. 하지만 먼저 사람들을 불러야지.

"어이!"

제길, 어쨌든 이 별에 그들이 살고 있다…….

"어이! 인간들아!"

목이 다 쉬었다. 더는 목소리가 안 나온다. 이렇게 소리치고 있는 내가 바보 같다고 느낀다……. 다시 한 번 외친다.

"인간들아!"

과장되고 잘난 체하는 소리였다.

이제 나는 되돌아간다.

2시간 동안 걸어가니, 프레보가 하늘로 던지는 불꽃들이 보인다. 내가 길을 잃은 줄 알고 걱정하고 있는 것이다. 아! 그건 내게 아무 의미가 없다…….

다시 1시간을 걷고…… 또다시 500미터를 걷는다. 또다시 100미터를, 또 50미터.

"아!"

나는 깜짝 놀라 멈춰 섰다. 기쁨이 내 가슴속에서 범람하고, 나는 격렬함을 겨우 억누른다. 얼굴이 환해진 프레보는 엔진에 기댄 아랍인 두 명과 이야기하고 있다. 그는 아직 날 보지 못했다. 그는 자신의 기쁨을 만끽하느라 매우 바빴다. 아! 나도 프레보처럼 여기서 기다렸다면…… 나도 벌써 자유의 몸이 되었을 텐데! 나는 기뻐서 소리친다.

"어이!"

베두인 두 명이 깜짝 놀라 나를 쳐다본다. 프레보는 그들과 떨어져 혼자 내 앞으로 다가온다. 나는 팔을 벌린다. 프레보가 내 팔 꿈치를 붙잡는다. 내가 설마 넘어질까 봐? 나는 그에게 말한다.

"드디어, 됐네, 됐어."

"뭐가?"

"아랍인들!"

"무슨 아랍인들?"

"저기 있는 아랍인들, 자네와 함께 있던!"

프레보는 나를 이상한 표정으로 쳐다보고, 나는 그가 마지못해 중대한 비밀을 털어놓으려 한다는 인상을 받는다.

"아랍인들은 없어……."

확실히, 이번엔 울고 말 것이다.

6

우리는 여기서 물 없이 19시간을 생존해 있다. 그런데 지난밤 이후 우리가 무엇을 마셨지? 새벽녘 이슬 몇 방울이 전부이지 않은가! 하지만 북동풍이 여전히 맹위를 떨치며, 우리 몸의 수분이 증발하는 속도를 약간 늦추어 주고 있다. 그 가림막은 또한 하늘에서 높은 구름이 만들어지는 데 유리하게 작용한다. 아! 구름들이 우리가 있는 곳까지 온다면, 그래서 비가 내린다면! 하지만 사막에는 비가 절대 오지 않는다.

"프레보, 낙하산을 삼각형 조각들로 자르자. 그리고 그걸 돌로 땅에 고정시키자고. 바람의 방향이 바뀌지 않는다면 새벽에 천을 짜서 연료 탱크에 이슬을 모을 수 있을 거야."

우리는 별들 아래서 하얀색 천 조각 6개를 일렬로 깔았다. 프레보는 연료 탱크 하나를 해체했다. 이제 날이 밝기를 기다리기만 하면 되었다.

프레보는 파편들 속에서 기적적으로 오렌지 하나를 찾아냈다. 우리는 반씩 나눠 먹었다. 나는 몹시 흥분했지만, 20리터의 물이 필요한 상황에서는 아주 미미한 양이었다.

나는 모닥불 옆에 누워 빛나는 오렌지를 바라보며 생각한다. '사람들은 이 하나의 오렌지가 어떤 의미인지 모른다……' 또한 생각한다. '우리는 사형을 선고받았지만, 그 불변의 진실이 내 기쁨을 빼앗아 가지는 못한다. 손에 쥐고 있는 오렌지 반쪽이 내 생애 가장 큰 기쁨들 중 하나를 가져다주니……' 나는 등을 대고 누워 오렌지를 핥으며 별똥별 개수를 세어 본다. 아주 잠시일지라도 한없이 행복한 내가 여기 있다. 그리고 또다시 생각한다. '우리가 살고 있는 질서 정연한 세상은 스스로를 그 속에 유폐시키지 않는 이상, 전혀 실체를 짐작할 수 없어.' 나는 겨우 오늘에서야 사형수에게 주는 한 잔의 럼주와 마지막 담배를 이해한다. 이전에는 그들이 그런 비참함을 받아들이는 걸 납득할 수 없었다. 그러나 사형수는 그것들에서 큰 기쁨을 얻는다. 사형수가 미소를 지으면, 사람들은 그가 용감하다고 생각한다. 하지만 그는 럼주로 인해 미소 지은 것이다. 사람들은 그가 관점을 바꾸었다는 것을, 마지막 순간에 비로소 인간으로서의 삶을 살았음을 알지 못한다.

우리는 엄청난 양의 물을 모았다. 한 2리터쯤. 이제 목마름은 끝났다! 갈증은 끝이다! 살았다, 한잔하러 갈 것이다!

나는 연료 탱크의 물을 주석 잔에 담는다. 하지만 물 색깔이 예쁜 녹황색이다. 첫 모금부터 맛이 얼마나 끔찍한지, 그토록 갈증으로 괴로워했는데도 그 한 모금을 목으로 넘기기 전에 숨을 돌린다. 흙탕물이라도 개의치 않았을 텐데, 오염된 금속의 맛은 내 목마름보다 더 끔찍하다.

프레보를 쳐다보니, 그는 마치 무언가를 주의 깊게 찾는 것처럼 땅을 보며 뱅글뱅글 돌고 있다. 그러다 갑자기 몸을 숙여 토하기 시작했고, 그러고도 계속해서 빙빙 도는 것이다. 30초 후, 나도 똑같은 증상이 나타났다. 경련이 너무 심해, 나는 무릎을 꿇고 모래 속에 손가락들을 쑤셔 박는다. 우리는 아무 말도 하지 못한 채 15분 동안 온몸을 떨면서 약간의 담즙이 나올 때까지 게워 냈다.

드디어 경련이 멈췄다. 미미한 구토증만 느껴질 뿐이다. 하지만 우리는 마지막 희망을 잃고 말았다. 우리의 실패가 낙하산 천에 쓰인 페인트 때문인지 연료 탱크에 낀 사염화탄소 때문인지 모르겠다. 다른 용기나 다른 천을 써야 했던 거겠지.

그러니 서두르자! 날이 밝는다. 출발! 우리는 이 저주받은 모래 언덕을 떠날 것이다. 그리고 죽는 순간까지 성큼성큼 앞으로 걸어갈 것이다. 내가 본보기로 삼은 것은 안데스산맥에서의 기요메였다. 어제부터 자꾸 기요메 생각이 난다. 나는 비행기 잔해 곁에 머물러야 한다는 규정을 위반한다. 이제 사람들은 이곳에서 우리를 찾지 않을 것이다.

다시 한 번, 조난당한 사람들은 우리가 아니라는 걸 깨닫는다.

조난자들, 그들은 기다리는 사람들이다! 우리의 침묵이 그들을 궁지로 몰았다. 끔찍한 실수로 인해 이미 가슴 찢어지는 고통을 느낀 사람들이다. 그들을 향해 달려가지 않을 수 없다. 안데스산맥에서 돌아오던 길에 기요메도 내게 그렇게 말하지 않았던가. 자신은 조난당한 사람들을 향해 달려간 것이라고! 그건 만고의 진리이다.

"이 세상에 혼자였다면, 그냥 잠들어 버리고 말 텐데."

프레보가 내게 말한다.

그리고 우리는 동북동 쪽을 향해 앞으로 곧장 걷는다. 만일 우리가 이미 나일강을 건넜다면, 한걸음 내딛을 때마다 아라비아 사막 깊숙한 곳으로 점점 더 빠져들고 있는 것이다.

그날에 대해서는 더 이상 떠오르는 것이 없다. 다만 몹시 초조해했던 기억이 난다. 그건 뭐라도 상관없다는 초조함, 나의 죽음에 대한 초조함이었다. 신기루에 넌더리가 나서 땅만 보며 걸었던 것도 기억한다. 우리는 이따금 나침반으로 방향을 바로잡았다. 숨을 고르기 위해 간간이 눕기도 했다. 밤에 덮으려고 챙겨 왔던 방수포를 어딘가에 던져 버리기도 했다. 더는 아무것도 모르겠다. 내 기억은 선선한 저녁이 되어서야 이어졌다. 나 역시 모래와 같았고, 내 안의 모든 것이 지워져 버렸다.

해질녘, 우리는 야영을 하기로 결정한다. 물 없이 보내는 밤이 얼마나 위험한지, 그러므로 계속해서 걸어야 한다는 것을 잘 알고 있었다. 하지만 우리는 낙하산 천 조각을 가지고 왔다. 낙하산 페인트에서 독성 물질이 나온 게 아니라면 내일 아침에 우리는 그걸 이용해 물을 마실 수 있을 것이다. 다시 한 번 별들 아래 이슬을 위한 덫을 친다.

오늘 밤, 북쪽 하늘엔 구름 한 점 없다. 바람의 맛도 바뀌었다. 방향도 달라졌다. 벌써 사막이 내쉬는 뜨거운 입김이 우리를 스치고 간다. 맹수가 잠에서 깨어난 것이다! 그놈이 우리의 손과 얼굴을 핥는 것이 느껴진다.

그러나 계속 걷는다 해도 10킬로미터도 못 갈 것이다. 사흘 전부터 물 한 모금 마시지 못하고 180킬로미터 이상을 걸었으니⋯⋯.

막 멈추려고 하는 순간, 프레보가 내게 말한다.

"내가 맹세하건대, 저건 진짜 호수야."

"자네 미쳤군!"

"이 시간에, 노을이 지는데, 신기루가 생긴다고?"

나는 아무런 대답도 하지 않는다. 오래전부터 나는 내 눈을 믿기를 포기했다. 신기루는 아닐지도 모르지. 그렇다면 그건 우리의 광기가 만들어 낸 것이다. 왜 아직도 프레보는 그런 것을 믿고 있는 걸까?

그가 계속 고집부리며 말한다.

"20분 거리에 있어. 내가 가서 보고 올게⋯⋯."

그 고집이 나를 짜증나게 한다.

"가서 봐. 가서 바람 좀 쐬고 오라고⋯⋯. 건강에는 참 좋겠네. 자네가 말하는 호수가 진짜 있다고 해도 소금물일 뿐이야. 잊지 말라고. 게다가 소금물이든 아니든 아주 멀리 있어. 그것도 다 차치하고, 우선 그 호수는 존재하지 않아."

프레보는 시선을 고정한 채 이미 멀어져 간다. 나도 잘 알고 있는, 저 뿌리칠 수 없는 유혹! 그리고 나는 생각한다. '달리는 기관차 밑으로 몸을 던지는 몽유병 환자들도 있지.' 나는 프레보가 돌아오지 않으리라는 사실을 안다. 공허가 가져온 현기증이 그를 사로잡으면 돌아올 수 없게 되겠지. 그리고 그는 조금 더 나아간 곳에서 죽을 것이다. 그렇게 그는 그대로, 나는 나대로 죽는 것이다. 이제 그 모든 것은 내게 전혀 중요하지 않다……!

내게 생긴 이 담담함은 그리 좋은 징조가 아니라고 생각한다. 물에 빠져 반쯤 죽을 뻔했을 때도 나는 같은 평화를 느꼈다. 어쨌든 그런 평화를 만끽하며 돌 위에 배를 깔고 엎드려 유서를 쓴다. 내 편지는 굉장히 멋지다. 무척이나 의연하다. 나는 편지에다가 현명한 조언들을 아낌없이 적어 내린다. 그리고 편지를 다시 읽어보며 허영심에 차서 막연한 즐거움을 누린다. 사람들은 내 편지에 대해 이렇게 말할 것이다.

"얼마나 훌륭한 유서인가! 이걸 쓴 자가 죽다니 참으로 애석하다!"

지금 내 상태가 어떤지 알고 싶기도 하다. 침을 만들어 내려고 시도한다. 대체 몇 시간 동안이나 침을 뱉지 않았을까? 더 이상 침이 생기지 않는다. 입을 다물고 있으면 어떤 끈적끈적한 물질이 입술을 봉한다. 그것이 입 주변에서 말라붙으면서 틈새를 단단히 막는다. 그렇지만 계속된 시도 끝에 침을 삼키는 데 성공한다. 내 눈은 아직 불빛으로 가득 차지는 않았다. 그 눈부신 광경을 보게 된다면, 그건 내게 2시간만이 남았다는 뜻이다.

밤이 된다. 달은 지난밤보다 더 커졌다. 프레보는 돌아오지 않는다. 나는 등을 바닥에 대고 누워, 이 분명한 사실들에 대해 숙고한다. 내 안에서 오래된 인상을 발견한다. 그게 무엇인지 정확히 알아보려고 애쓴다. 나는…… 나는…… 배를 타고 있었다! 나는 남아메리카로 가고 있으며, 지금처럼 상갑판 위에 드러누워 있었다. 돛대 끝부분이 별들 사이에서 아주 천천히 이리저리 흔들렸다. 여기에는 돛대가 없지만, 그래도 나는 배를 탔고, 내가 애써봤자 바꿀 수 없는 목적지를 향해 가고 있었다. 노예 상인들이 나를 묶어 배 위로 내동댕이쳤다.

나는 돌아오지 않는 프레보를 생각한다. 그는 단 한 번이라도 투덜댄 적이 없다. 아주 훌륭한 일이다. 그가 불평을 늘어놓았다면 참을 수 없었을 것이다. 그는 진정한 사내다.

아! 여기서 500미터 떨어진 곳에서 그가 램프를 흔들고 있다! 그는 자기 발자국들을 잃어버렸던 것이다! 나는 그에게 답할 램프가 없다. 일어나서 소리치지만, 그는 듣지 못한다…….

두 번째 램프가 그가 있는 곳으로부터 200미터 떨어진 지점에서 켜진다. 세 번째 램프도. 맙소사, 수색대가 나를 찾고 있었다니!

나는 외친다.

"어이!"

하지만 사람들은 내 목소리를 듣지 못한 것 같다.

램프 세 개가 계속해서 신호를 보낸다.

오늘 밤, 나는 미치지 않았다. 기분도 좋다. 평온하다. 나는 주의 깊게 살펴본다. 500미터 떨어진 곳에 램프 세 개가 있다.

"어이!"

하지만 여전히 아무도 내 목소리를 듣지 못한다.

그러자 순간 나는 공황 상태에 빠졌다. 그건 겪어 본 적 없는 공포였다. 아! 나는 아직 달릴 수 있다.

"기다려…… 기다려 줘……."

그들은 돌아설 것이다! 그들은 멀어질 것이고, 다른 곳에서 우리를 찾을 것이고, 나는 쓰러지고 말 것이다! 나를 맞이하는 두 팔이 저기 있는데, 나는 삶의 문턱에서 넘어진다……!

"어이! 여기!"

"어이!"

그들이 내 목소리를 들었다. 나는 숨이 막힌다. 숨이 막히지만 여전히 달린다. '어이!' 하는 소리가 들리는 쪽으로 달린다. 나는 프레보를 알아보고, 쓰러진다.

"아! 내가 봤는데! 저기 램프들이……."

"무슨 램프들?"

틀림없이 그는 혼자다.

이번엔 어떤 실망도 느끼지 않는다. 다만 소리 없는 분노가 치민다.

"자네가 말한 호수는?"

"다가갈수록 멀어졌어. 호수를 향해 30분 동안 걸었는데, 30분이 지나도 너무 멀리 있더라고. 그래서 다시 돌아왔어. 하지만 이 제는 확신해. 그건 진짜 호수야…….”

“미쳤군, 완전히 미쳤어. 아! 대체 왜 그랬어? 왜?”

그가 무엇을 했나? 왜 그런 짓을 했나? 나는 분노에 차서 울고 싶었다. 왜 그렇게 분개했는지 나도 모른다. 프레보는 목이 멘 목 소리로 내게 설명한다.

“마실 것을 찾고 싶었어……. 자네 입술이 얼마나 허연지 아 나!”

아! 나의 분노가 가라앉는다……. 나는 잠에서 깨어나려는 것처 럼 손을 이마로 가져다 댄다. 문득 슬퍼진다. 나는 천천히 이야기 한다.

“내가 지금 자네를 보고 있는 것처럼 아주 똑똑히 보았어. 결코 착각이 아니야. 세 개의 램프 말이야. 다시 한 번 말하는데 진짜 봤다고, 프레보!”

그는 아무 말도 하지 않는다. 그러다가 마침내 인정한다.

“그래, 정말 상황이 나빠지고 있군.”

수증기가 없는 대기 아래에서 대지는 빠르게 열을 방사한다. 벌 써 굉장히 춥다. 나는 일어나 걷는다. 하지만 이내 견딜 수 없는 오한이 몰려온다. 수분이 말라 버린 나의 피는 순환이 잘 되지 않 고, 얼음장 같은 한기가 옷 속으로 파고든다. 그건 단순히 밤에 느 끼는 추위 정도가 아니다. 이빨이 딱딱 소리를 내며 부딪치고, 온 몸이 덜덜 떨린다. 손이 너무 떨려서 손전등도 사용할 수 없다. 나는 추위를 타는 사람이 결코 아니었는데, 지금은 추워서 죽을 지경이다. 목마름이 이토록 이상한 결과를 초래하다니!

폭염 속에서 도저히 들고 있을 수 없어 나는 어딘가에 방수포를 내던져 버렸다. 그런데 바람이 점점 더 거세진다. 사막에는 몸을 피할 수 있는 곳이 전혀 없다는 사실을 깨닫는다. 사막은 대리석처럼 매끈하다. 낮에는 그늘이라곤 없고, 밤에는 맨몸으로 바람 앞에 내몰린다. 우릴 보호해 줄 나무 한 그루, 울타리 하나, 바위 하나 없다. 바람은 장애물 하나 없는 벌판에서 돌격하는 기병처럼 나를 덮친다. 바람을 피해 보려고 서성댄다. 누웠다가 다시 일어난다. 눕든 서 있든 나는 이 채찍 같은 차가운 바람을 피할 수 없다. 나는 달릴 수 없다. 이젠 그럴 기운도 없다. 살인자들을 피해 달아나지도 못하고 그들의 칼날 앞에서 두 손으로 머리를 감싼 채 무릎을 꿇는다!

잠시 후 나는 알아차린다. 나는 다시 몸을 일으켜 앞을 향해 똑바로 걷는다. 여전히 오한에 떨면서! 여긴 어디인가? 아! 나는 방금 출발했고, 프레보의 목소리가 들린다! 그의 목소리에 정신을 차린다…….

온몸으로 딸꾹질을 하듯 여전히 몸을 떨면서 다시 프레보 곁으로 돌아간다. 그리고 생각한다. '이건 추위가 아니야. 그것과는 달라. 정말 끝이야.' 나는 이미 심각한 탈수 상태였다. 그저께 너무 오랫동안 걸었고, 어제 혼자서 걸을 때도 마찬가지였다.

추위로 생을 마감해야 한다니 마음이 괴롭다. 차라리 내 안의 신기루들이었으면 좋았을 것을. 저 십자가, 저 아랍인들, 저 불빛들. 결국 그것들이 내 관심을 끌기 시작한다. 나는 노예처럼 채찍질 당하는 게 싫다…….

나는 또다시 무릎을 꿇는다.

떠나올 때, 우리는 비상약을 조금 챙겨 왔다. 순도 100퍼센트에테르 100그램, 90도짜리 알코올 100그램과 요오드 작은 병 하나를 가지고 있었다. 나는 에테르 두세 모금을 마셔 보려고 한다. 마치 칼을 삼키는 것 같다. 다음은 알코올 약간. 그러나 목에서 넘어가지 않는다.

나는 모래에 구덩이를 파고 거기 들어가 누운 다음, 모래로 몸을 덮는다. 얼굴만 모래 위로 드러난다. 프레보가 잔가지들을 찾아내 불을 지피지만, 불꽃은 금방 꺼진다. 그는 모래 속에 몸을 파묻기를 거부한다. 대신 발을 동동 구르며 추위를 견디려고 한다. 잘못된 선택이다.

목은 바싹 말라 있다. 안 좋은 징후다. 그렇지만 기분은 한결 나아진다. 평온함을 느낀다. 모든 희망을 저편에 두고 평온함을 느낀다. 별 아래 노예선의 갑판 위에 묶인 채, 나는 내 의지와 무관한 여행을 하고 있다. 하지만 나는 그다지 불행하지 않은 것 같다…….

이제 근육만 움직이지 않으면 추위가 느껴지지 않는다. 그래서 나는 모래 속에서 잠든 내 육체를 잊는다. 이제 더는 몸을 움직이지 않겠다. 그러면 더는 고통스러워하지 않아도 될 테니. 게다가 정말로 고통을 거의 느끼지 못한다……. 이 모든 고통들 뒤엔 피로와 망상의 조화가 있다. 그리고 모든 것이 그림책으로, 약간 잔혹한 동화로 변한다……. 조금 전 바람은 나를 사냥했다. 나는 도 망치기 위해 짐승처럼 빙글빙글 돌고 있었다. 그러고 나서는 숨을 쉬기가 힘들었다. 한쪽 무릎이 내 가슴을 짓누르고 있었으므로. 한쪽 무릎이. 그렇게 나는 천사의 무게에 맞서 발버둥 쳤다. 사막 에서 나는 결코 혼자가 아니었다. 나를 둘러싸고 있는 것들을 더 이상 믿지 않게 된 지금, 나 자신 안으로 피신하여 두 눈을 감고 속눈썹 한 올도 움직이지 않는다. 물밀듯 밀려오는 이 모든 이미 지들이 나를 고요한 꿈속으로 데려가는 것을 느낀다. 강물은 깊은 바다를 만나 비로소 잔잔해진다.

내가 사랑했던 이들이여, 안녕. 인간이 물 한 모금 마시지 않으 면 사흘도 못 견디는 것은 내 잘못이 아니다. 나는 내가 이렇게 샘 의 포로가 되리라고는 생각하지 않았다. 물 없이 지낼 수 있는 시 간이 이렇게 짧을 거라고는 상상도 못했다. 사람들은 인간이 앞으 로 똑바로 나아갈 수 있다고 믿는다. 사람들은 인간이 자유롭다고 믿는다……. 사람들은 자신들을 우물에 매어 두는 끈을, 탯줄처럼 대지의 자궁에 매인 끈을 보지 못한다. 한 발짝 더 나아가면 그는 죽는다.

그대들의 고통을 제외하면 나는 아무것도 후회하지 않는다. 여 러모로 따져 봐도 나는 최상의 몫을 차지했다. 만일 내가 돌아가 게 된다면, 모든 것을 다시 시작할 것이다. 나는 삶이 필요하다. 이제 도시에서는 인간의 삶이란 존재하지 않는다.

비행은 문제가 아니다. 비행기는 목적이 아니라 수단일 뿐이다. 비행기를 위해 사람들이 목숨을 거는 게 아니다. 농부가 밭을 가는 이유는 쟁기를 위해서가 아니다. 그러나 비행기를 타면, 사람들은 도시와 도시의 회계사들로부터 떠나서 농부의 진리를 발견한다.

우리는 인간의 일을 했고, 인간의 근심들에 대해 알고 있었다. 우리는 바람과 별들과 밤과 모래와 바다와 접촉했다. 우리는 자연적인 힘들과 속고 속이며 지혜를 겨뤘다. 우리는 봄을 기다리는 정원사처럼 새벽을 기다렸다. 우리는 약속의 땅처럼 기항지를 기다렸고, 별들에게서 진실을 찾았다.

불평하지 않겠다. 사흘 전부터 나는 걸었고, 목이 말랐고, 사막에서 흔적을 따라갔고, 이슬을 희망으로 품었다. 이 땅 어디에 살고 있는지 잊고 살았던 나와 같은 종족들을 만나려고 애썼다. 바로 이런 것들이 살아 있는 자들의 걱정거리이다. 나는 그것이 저녁마다 어떤 뮤직홀에 갈지 고르는 일보다 훨씬 중요하다고 판단하지 않을 수 없다.

나는 이제 더는 통근 열차를 탄 저들을 이해할 수 없다. 자신을 인간이라고 믿고 있는 인간들. 그렇지만 마치 개미처럼 오직 사용되어지기 위해 자각하지 못하는 어떤 압력 따위에 굴복한 인간들. 저들은 쉴 때마저 그들의 불합리한 짧은 휴일을 무엇으로 보내는가?

한번은 러시아에 있을 때, 어떤 공장에서 모차르트 음악이 연주되는 것을 들은 적이 있다. 나는 그 일화에 대해 글을 썼다. 그리고 욕설이 적힌 200통의 편지를 받았다. 나는 싸구려 카페에서 들리는 음악을 선호하는 사람들을 원망하지 않는다. 그들은 다른 노래를 모를 뿐이다. 대신 그 카페 주인을 원망한다. 그가 인간들을 바보로 만들어 버리는 게 싫다.

나는 내 직업에서 행복을 얻는다. 나는 내가 기항지를 일구는 농부와 같다고 느낀다. 통근 열차에서 나는 이곳에서와 차원이 다른 고통을 겪는다! 생각해 보면 여기는 얼마나 호화스러운지……!

나는 아무것도 후회하지 않는다. 나는 판돈을 걸었다가, 모두 잃었다. 그게 내 직업의 순리이다. 그러나 어쨌든 나는 바다에서 불어오는 바람을 들이마셨다.

그건 한 번이라도 맛본 사람은 결코 잊을 수 없는 음식과 같다. 동료들이여, 그렇지 않은가? 위험하게 사는 것과는 전혀 다른 이야기이다. 그런 건 허풍쟁이들의 말버릇일 뿐이다. 나는 투우사들이 마음에 들지 않는다. 내가 좋아하는 것은 위험이 아니다. 나는 내가 무엇을 좋아하는지 알고 있다. 그건 바로 삶이다.

하늘이 희뿌옇게 변하는 것 같다. 나는 모래에서 한 팔을 꺼낸다. 손이 닿는 거리에 있는 천 조각 하나를 만져 보지만 아직 말라 있다. 기다리자. 이슬은 새벽녘에 맺힌다. 그러나 우리 옷을 적시지 않고 새벽이 밝아 온다. 그러자 머릿속에서 약간의 혼란이 일고, 나는 다음과 같은 말까지 들었다.

"메마른 심장이 여기 있다…… 메마른 심장이…… 눈물도 만들 줄 모르는 메마른 심장이!"

"가자, 프레보! 우리 목구멍은 아직 닫히지 않았어. 계속해서 걸어야 해."

7

19시간 만에 인간을 바짝 말려 버리는 서풍이 분다. 내 식도는 아직 닫히지 않았지만, 딱딱해졌고 아팠다. 무언가 식도를 긁고 있는 것 같다. 사람들이 내게 말했던 그 기침이 곧 시작될 것이고, 난 그걸 기다렸다. 내 혀가 나를 갑갑하게 했다. 하지만 가장 심각한 건 벌써 빛나는 점들이 보이기 시작했다는 것이다. 그 점들이 불꽃들로 변한다면 나는 쓰러질 것이다.

우리는 빠르게 걷는다. 새벽의 서늘함이 도움이 된다. 우리는 해가 중천에 뜨면 더는 걷지 못하리란 것을 잘 알고 있다. 해가 중천에 뜨면……

우리에겐 땀을 흘릴 권리도 없다. 기다릴 권리조차 없다. 이 상쾌함은 단지 습도 18퍼센트의 상쾌함일 뿐이다. 지금 부는 바람은 사막으로부터 오는 것이다. 그리고 이 거짓되고 부드러운 어루만짐 속에서 우리의 피는 증발하고 있다.

첫날 우리는 포도를 조금 먹었다. 그 후 사흘 동안 오렌지 반쪽과 마들렌 반쪽을 먹었다. 설령 먹을 것이 있다 해도 무슨 침이 나와서 우리가 그걸 씹어 먹을 수 있겠는가? 하지만 나는 조금도 배고프지 않다. 내겐 갈증만이 남았을 뿐이다. 그리고 이제는 갈증 자체보다 갈증이 몰고 온 증상들로 고통받는다. 이 단단한 목구멍. 석고처럼 딱딱한 혀. 목을 긁는 느낌과 끔찍한 입 냄새. 모두 겪어 본 적 없는 감각이다. 분명 물이 있다면 이 감각들을 치료할 수 있으리라. 비록 그 치료제를 이런 고통과 연결 지어 생각해 본 적은 결코 없었지만. 갈증은 갈수록 욕구와는 멀어지고 하나의 질병이 되어 간다.

샘물이나 과일들을 머릿속에 떠올려 봐도, 이제는 그 이미지들이 그렇게까지 큰 슬픔을 주지 못한다. 나는 오렌지의 광채를 잊어버렸다. 다른 소중한 것들을 잊어버린 것과 마찬가지로. 어쩌면 나는 이미 모든 것을 잊어버렸는지도 모른다.

우리는 앉아 있지만 다시 출발해야 한다. 이제는 이동 구간을 길게 잡는 것은 포기했다. 500미터만 걸어도 피곤해 죽을 지경이었다. 그리고 몸을 누이는 일이 내게 큰 기쁨이 된다. 하지만 다시 출발해야 한다.

풍경이 달라진다. 돌들이 점점 더 드문드문해진다. 우리는 이제 모래 위를 걷는다. 2킬로미터 전방에 모래 언덕들이 있다. 그 모래 언덕들 위에는 키가 작은 식물들이 점점이 박혀 있다. 강철 갑옷보단 모래가 나았다. 이 황금빛 사막, 이건 사하라 사막이다. 난 내가 사하라 사막을 알아볼 수 있다고 믿는다⋯⋯.

이제 200미터도 못 가서 완전히 지쳐 버린다.

"어쨌든 걸어가 보자고. 적어도 저 키 작은 나무들까지는."

그것이 한계다. 일주일 후, 우리는 비행기를 되찾기 위해 차를 타고 흔적을 되짚어 왔고, 그 마지막 시도가 무려 80킬로미터에 달한다는 것을 확인했다. 게다가 나는 당시 이미 200여 킬로미터를 걸은 후였다. 어떻게 계속 걸을 수 있겠는가?

어제는 희망 없이 걸었다. 오늘, 희망이란 단어는 그 의미를 상실했다. 오늘 우리는 걷고 있기 때문에 걷는 것이다. 아마 밭을 가는 소들도 그럴 테지. 어제의 나는 오렌지 나무들이 가득한 낙원을 꿈꾸었다. 그러나 오늘 내게 낙원이란 없다. 이제는 오렌지가 존재한다는 사실 자체도 믿지 않는다.

바싹 메말라 버린 심장 외에는 내 안에서 아무것도 찾을 수 없다. 나는 쓰러질 것이고, 절망 따윈 전혀 알지 못하리라. 더는 고통스럽지도 않다는 게 유감스럽다. 고통도 내게는 물처럼 달콤하게 여겨질 텐데. 사람들은 스스로를 동정하고 자기 자신을 친구 삼아 투덜댄다. 하지만 나는 이제 이 세상에 친구도 없다.

사람들이 두 눈이 타 버린 나를 발견한다면, 그들은 내가 수없이 구조를 외쳤고 몹시 고통스러워했다고 생각할 것이다. 하지만 격정, 후회, 달콤한 번민은 여전히 내게는 사치다. 그런 호사를 더는 누릴 수 없다. 앳된 아가씨들은 첫사랑의 저녁에 고통을 알게 되고 눈물을 흘린다. 그 고통은 삶의 가슴 떨림과 연결되어 있다. 그런데 내게는 더 이상 고통도 없다…….

사막, 그것이 바로 나다. 나는 이제 침을 만들 수 없으며, 떠올리면 눈물로 부르짖었을 다정스러운 이미지들도 만들어 낼 수 없다. 태양은 내 눈물샘을 말려 버렸다.

그런데 나는 무엇을 본 것일까? 희망의 숨결이 바다 위 돌풍처럼 내 위로 지나갔다. 내 의식에 쳐들어오기 전 나의 본능에게 경고한 그 신호는 무엇이었을까? 변한 건 아무것도 없었다. 그런데 모든 게 변했다. 넓게 펼쳐진 사막, 모래 언덕들과 얇은 초목층들은 풍경을 이루는 대신 하나의 무대가 되었다. 아직은 텅 비었지만, 모든 게 준비된 무대. 나는 프레보를 바라본다. 그도 나처럼 굉장히 놀랐다. 하지만 그도 자신이 무엇을 느낀 건지 이해하지 못한다.

단언컨대 무슨 일이 일어날 것이다…….

단언컨대 사막이 살아 움직이고 있다. 문득 찾아오는 이런 부재, 이런 고요함은 광장에서의 소란보다 더 큰 동요를 불러일으킨다.

우리는 살았다. 모래 위에 발자국들이 있다……!

아! 우리는 인류의 발자취를 잃어버렸고, 보편적인 이동 경로를 잃어버렸으며, 종족으로부터 떨어져 나와 세상에 홀로 남겨졌다. 그런데 기적처럼 모래 위에서 인간의 발자국을 발견한 것이다.

"프레보, 여기서 두 사람이 헤어졌어."

"여기선 낙타 한 마리가 무릎을 꿇고 앉았고……."

"여기선……."

그렇지만 우리는 아직까지 구조된 것이 아니다. 기다리는 걸로는 안 된다. 몇 시간 뒤면, 사람들은 우리를 구조하지 못할 것이다. 일단 기침이 시작되면 갈증의 걸음이 너무 빨랐다. 그러면 우리의 목구멍은…….

하지만 나는 사막 어딘가를 덜컹거리며 가고 있을 대상 행렬을 믿고 있다.

그래서 우리는 다시 걸었다. 그리고 갑자기 수탉이 우는 소리를 들었다. 기요메가 내게 이런 말을 한 적이 있다.

"마지막이라고 생각했을 때쯤, 안데스산맥에서 수탉 소리가 들렸어. 기차 소리도 들렸지……."

닭이 우는 바로 그 순간, 나는 그가 했던 말을 떠올리며 생각한다. '먼저 나를 속인 건 눈이었어. 분명 갈증 때문이었겠지. 귀는 좀 더 오래 버티더군…….' 하지만 프레보가 내 팔을 붙든다.

"들었어?"

"뭘?"

"수탉 소리!"

"그러면…… 그러면……. "

그렇다면, 물론, 이 머저리야, 저건 삶이야…….

나는 마지막 환영을 보았다. 개 세 마리가 서로 쫓고 쫓기는 환영. 같은 방향을 보는 프레보는 보지 못했다. 하지만 그 베두인을 향해 팔을 뻗은 것은 우리 둘 다였다. 우리 둘은 가슴속에 남아 있던 모든 숨을 그를 향해 쏟아 냈다. 우리 둘은 행복에 겨워 웃고 있다……!

하지만 우리 목소리는 30미터도 가지 못한다. 우리의 성대는 이미 말라 버렸다. 우리는 아주 낮은 목소리로 서로에게 말을 하면서도 그 사실을 알아차리지 못했던 것이다!

모래 언덕 뒤에서 막 모습을 드러낸 그 베두인과 낙타는 이제 천천히, 천천히 멀어져 간다. 어쩌면 저 남자는 혼자일지도 모른다. 잔인한 악마가 우리에게 그를 보여 주고 다시 빼앗아 간다…….

우리는 더 이상 달릴 수도 없다!

또 다른 아랍인이 모래 언덕 위로 모습을 드러낸다. 우리는 울부짖었지만, 너무 작은 소리다. 그래서 우리는 팔을 마구 흔든다. 그 거대한 몸짓으로 하늘을 채우기라도 할 것처럼. 그러나 그는 여전히 오른쪽만 바라볼 뿐이다.

마침내, 천천히, 그가 4분의 1쯤 몸을 돌린다. 그의 얼굴 정면이 나타나는 바로 그 순간, 모든 것이 끝나리라. 그가 우리 쪽을 바라보는 순간, 우리 안에서 갈증, 죽음, 신기루들은 자취를 감출 것이다. 그가 4분의 1쯤 몸을 돌리자 이미 세상은 변화하기 시작한다. 그는 단지 상반신만 움직여서, 또 단지 시선만 산책하듯 움직여서, 생명을 창조한다. 그는 내게 마치 신처럼 보인다…….

이것은 기적이다. 그는 마치 바다 위를 걷는 신처럼 모래 위를 걸어 우리에게로 온다…….

아랍인은 그저 우리를 바라볼 뿐이었다. 그는 두 손을 올려 우리 어깨를 꼭 쥐었고, 우리는 그에게 순순히 복종한다. 우리는 몸을 뻗고 눕는다. 이곳엔 더 이상 인종도, 언어도, 분열도 없다……. 어깨에 천사장의 손을 얹은 불쌍한 유목민만이 있을 뿐이다.

우리는 고개를 모래 속에 묻고 기다렸다. 그리고 이제 송아지들처럼 배를 깔고 엎드려 머리를 물통에 처박고 물을 마신다. 깜짝 놀란 베두인이 거듭 우리를 말리려고 하지만, 매번 그가 우리를 놓아주기가 무섭게 다시 물속으로 얼굴을 처박는다.

물!

물, 너는 맛도 색도 향도 없다. 너는 정의되지 않는다. 사람들은 너를 알지 못하면서 너를 맛본다. 너는 생명에 필요한 것이 아니라, 생명 그 자체다. 너는 감각으로는 결코 설명할 수 없는 쾌락으로 우리에게 스며든다. 너와 함께, 우리가 포기했던 모든 힘들이 우리 안으로 되돌아온다. 너의 은총으로 우리 가슴속에서 말라버렸던 모든 샘들이 물길을 튼다.

너는 이 세상에 존재하는 가장 위대한 재산이며, 또 가장 섬세한 것이다. 너는 대지의 품 안에서 그리도 순수하구나. 마그네슘을 함유한 샘물 때문에 우리는 죽을 수 있다. 소금물로 된 호수로부터 두 발짝 거리에서 우리는 죽을 수 있다. 2리터의 이슬이 있어도 완전히 정제되지 않은 소금 알갱이 때문에 죽을 수도 있다. 너는 그 어떤 불순물도 용납하지 않고, 그 어떤 변질도 견디지 못한다. 너는 까다로운 신이다…….

그러나 너는 무한하게 순수한 행복을 우리 안으로 흘려 보내 준다.

우리를 구해 준 리비아의 베두인이여, 그럼에도 당신은 내 기억에서 영원히 지워질 것이다. 나는 당신 얼굴을 결코 기억하지 못할 것이다. 당신은 내게 '인간'이고, 그렇기에 모든 인간의 얼굴을 동시에 하고 나타난다. 당신은 단 한 번도 내 얼굴을 유심히 보지 않았지만 그럼에도 우리를 알아보았다. 당신은 가장 사랑하는 형제다. 그리고 이번에는 내가 모든 사람에게서 당신을 알아보리라.

당신은 고귀함과 자비를 두르고 마실 것을 내려 주는 귀인으로 내 앞에 나타났다. 당신 안에 있는 내 모든 벗들, 내 모든 적들이 내게로 걸어온다. 그러니 이제 나는 세상에 적이라고는 단 한 명도 없다.

8장
인간들

1

나는 내가 이해하지 못했던 진리에 다시 한 번 가까이 다가갔다. 나는 길을 잃었다고 생각했고, 절망의 수렁에 빠졌다고 생각했다. 포기하기로 마음먹자 평온을 느낄 수 있었다. 사람은 바로 이럴 때 자신을 발견하고 자기 자신의 친구가 된다. 자신조차 알지 못했던 내면의 본질적 욕구를 충족시켜 주는 충만감, 그것을 능가하는 건 아무것도 없을 것이다. 바람을 따라 달리다 지친 보나푸도, 눈 속의 기요메도 이런 평온을 느꼈으리라. 나 역시 어떻게 잊을 수 있겠는가? 목덜미까지 모래 속에 파묻힌 채, 서서히 목을 죄어 오는 갈증을 느끼던 그때, 별들의 외투 자락 아래서 그리도 따뜻했던 내 마음을.

어떻게 하면 우리 마음속에 이러한 해방감을 불러일으킬 수 있을까? 우리도 잘 알다시피 인간의 모든 것은 역설적이다. 누군가

창조적인 일을 할 수 있도록 생계를 보장해 주면 그는 잠만 자고, 승리한 정복자는 이내 물렁해지고, 너그러운 사람도 부자가 되면 인색해지기 마련이다. 사람들을 행복하게 해 준다는 정치 철학도 어떤 사람들을 행복하게 해 줄지를 먼저 알지 못한다면 무슨 소용이겠는가. 누가 태어날 것인가? 우리는 살찌워야 할 가축이 아니다. 가난한 파스칼 한 명의 탄생이 이름 없는 부자 몇몇의 탄생보다 더 큰 영향력을 지닌다.

본질적인 것은 예견할 수 없다. 우리는 모두 전혀 예상치 못한 곳에서 가장 뜨거운 기쁨을 맛본 적이 있다. 그 기쁨은 우리에게 너무도 강한 향수를 남겨 그것이 우리의 비참함에서 비롯되었다면 그 비참함마저 그리워하게 된다. 또 우리는 모두 동료들과 재회했을 때 지난 힘든 기억이 얼마나 큰 기쁨을 주는지 맛보았다.

우리는 무엇을 아는가? 우리를 풍요롭게 하는 미지의 조건들이 있다는 것 말고는 무엇을 안단 말인가? 인간의 진리는 어디에 있는가?

진리는 절대 증명될 수 없다. 만약 다른 곳이 아닌 이 땅에서 오렌지 나무가 뿌리를 깊게 내리고 열매를 많이 맺는다면, 이 땅이야말로 오렌지 나무의 진리인 것이다. 만약 다른 것도 아닌 바로 그 종교, 문화, 가치 체계, 활동 유형이 인간을 충만하게 하고, 자신도 미처 알지 못했던 마음속 귀인을 해방시켜 준다면 그 가치 체계, 문화, 활동 유형이 그 인간의 진리인 것이다. 논리? 논리에게 인생에 대해 스스로 설명해 보라지.

나는 이 책에서 내내 절대적 소명을 따른 것으로 보이는 몇몇 사람들을 언급했다. 그들은 다른 이들이 수도원을 선택한 것처럼 사막이나 항공 노선을 선택했다. 만약 내가 그 사람들을 찬미하라고 부추기는 것처럼 보였다면, 그건 본래 목적을 저버린 것이다. 무엇보다 먼저 찬미하고 감탄해야 할 것은 그들이 뿌리를 내린 그 대지이므로.

　소명은 분명 어떤 역할을 한다. 어떤 이들이 자신의 가게에 틀어박혀 있을 때, 다른 이들은 가야할 방향으로 단호히 길을 나선다. 우리는 그들의 어린 시절의 역사에서 잠재되어 있던 열정을 찾고, 그 열정으로 그들의 운명을 설명한다. 그러나 나중에 읽히는 '역사'는 우리를 속인다. 이러한 열정은 어느 누구에게서나 찾을 수 있기 때문이다. 조난을 당하거나 화재가 난 밤에 평소 자신의 모습을 뛰어넘는 위대함을 보여 준 가게 주인들을 우리 모두 알고 있다. 그들은 결정적인 순간에 발휘되는 능력에 대해 잘 알고 있다. 화재는 그들 평생에 특별한 밤으로 남을 것이다. 그러나 색다른 기회, 이로운 대지, 엄격한 종교가 없어 그들은 자기 자신의 위대함을 믿지 못한 채 다시 잠들어 버린다. 분명 소명은 인간이 스스로를 해방시키는 데 도움이 된다. 그러나 소명을 해방시키는 것 역시 중요하다.

　하늘과 사막에서 보낸 밤들…… 이런 것들은 누구에게나 주어지는 흔한 기회는 아니다. 그런데 사람들은 자신을 고무시키는 상황이 오면 모두 똑같은 욕구를 드러낸다. 내가 이것을 깨닫게 된 스페인에서의 하룻밤에 대해 이야기한다고 해서 본래 주제에서 벗어나는 것은 아니다. 너무 몇몇 사람들에 대해서만 이야기했으니 이제는 모두에 대한 이야기를 하고 싶다.

그것은 내가 리포터로서 방문했던 마드리드 전선에서 겪은 이야기이다. 그날 저녁, 나는 지하 벙커에서 젊은 대위와 식탁에 앉아 저녁 식사를 하고 있었다.

2

우리가 이야기를 나누고 있던 중에 전화벨이 울렸다. 오랜 대화가 이어졌다. 사령부에서 명령을 내린 국소 공격에 관해서였다. 노동자 거주 지역에 있는 시멘트 요새처럼 되어 버린 몇몇 건물들을 없애라는 터무니없고 무모한 공격 명령이었다. 대위는 어깨를 으쓱이더니 우리 쪽으로 돌아온다.

"우리 중 먼저 나갈 사람들은……."

그는 이렇게 말하더니 코냑 두 잔을 이쪽에 앉은 중사와 나에게 밀어 준다. 그가 중사에게 말한다.

"자네가 나와 함께 제일 먼저 나갈 걸세. 마시고 한숨 자게."

중사는 자러 갔다. 열 명 정도가 테이블에 둘러앉아 밤을 샌다. 꼼꼼히 틈새를 메워 빛줄기 하나 새어 나가지 않는 그 방에서 나는 강렬한 불빛에 눈을 깜빡인다. 5분 전 총안銃眼으로 슬그머니 밖을 내다보았다. 총안을 가리고 있던 헝겊을 젖히자 심연의 빛을 내뿜는 달빛 아래 무너져 내린 흉가의 잔해들이 눈에 들어왔다. 헝겊을 다시 닫자, 그 헝겊이 마치 흘린 기름을 닦듯 달빛을 닦아

냈다. 지금도 음산한 요새의 모습이 내 눈에 아른거린다.

이 군인들은 분명 다시 돌아오지 못할 것이다. 그러나 그들은 신중히 입을 다문다. 이 공격은 불가피하다. 곡물 창고에서 곡물을 퍼내듯, 수많은 사람들 중 일부를 사용하는 것뿐이다. 그러고는 파종을 위해 씨앗 한 줌을 뿌리는 것이다.

우리는 코냑을 마신다. 내 오른쪽 사람들은 체스를 두고 왼편에서는 농담을 하고 있다. 나는 지금 어디에 있는가? 반쯤 취한 사내가 들어온다. 덥수룩한 수염을 쓰다듬더니 우리를 다정하게 쳐다본다. 그의 시선이 코냑으로 미끄러지더니 다른 곳을 향했다가 다시 코냑으로 돌아온다. 애원하는 그의 눈빛이 대위를 향한다. 대위는 씩 웃는다. 희망을 얻은 사내도 조용히 웃는다. 이를 보고 있던 사람들 사이에 가벼운 웃음이 번진다. 대위가 술병을 가만히 뒤로 빼자 사내가 실망한 눈빛을 보내고, 이렇게 어린애 같은 장난이 시작된다. 자욱한 담배 연기, 뜬눈으로 지새우는 밤의 몽롱함, 곧 다가올 공격의 이미지 사이로 그들은 꿈꾸듯 무언의 발레를 추고 있다.

밖에서는 파도 소리 같은 폭발음이 점점 거세어져도 우리는 배의 더운 선창에 갇힌 채 장난을 친다.

조금 있으면 이들은 야간 전투라는 왕수王水 속에서 자신의 땀과 술, 때 묻은 기다림을 씻어 낼 것이다. 나는 그들이 정화될 시간이 가까워졌음을 느낀다. 하지만 그들은 아직도 자신들이 출 수 있는 한 오래 술꾼과 술병의 발레를 추고, 둘 수 있는 한 오래 체스를 두고 있다. 할 수 있는 만큼 오래 삶을 연장시키려는 것이다.

그러나 그들은 선반에 떡 하니 올라앉은 자명종을 이미 맞춰 놓았다. 때가 되면 자명종 소리가 울려 퍼질 것이다. 그러면 이 사내들은 옷을 걸치고, 기지개를 켜고 탄약 벨트를 찰 것이다. 대위는 자신의 권총을 집어 들 것이다. 그때는 술 취한 사내도 술이 깰 것이다. 그리고 나서 파란 달빛이 비치는 직사각 모양의 입구까지 완만하게 경사진 통로를 모두 느릿느릿 오를 것이다. "빌어먹을 공격 같으니……."라거나 "왜 이렇게 추워!"같이 짧은 말을 하면서. 그러고는 어둠 속에 잠길 것이다.

때가 되었을 때, 나는 중사가 일어나는 것을 보았다. 그는 잡동사니가 쌓인 지하실의 철제 침대에 누워 자고 있었다. 나는 그가 자는 모습을 바라보고 있었다. 그 어떤 걱정도 없이 행복하기만 한 저 잠의 맛을 나도 알 것 같았다. 그를 보면서 리비아에서 보낸 첫날을 떠올렸다. 그날 프레보와 나는 물도 없이 불시착해 죽은 목숨이나 다름없었다. 타는 갈증을 느끼기 전에 딱 한 번, 두 시간 동안 깊이 잘 수 있었다. 잠에 빠져들면서 바깥세상을 거부할 수 있는 놀라운 힘을 행사하는 느낌이 들었다. 그때 내 육신은 아직 평온했고, 팔에 얼굴을 파묻고 나니 다른 행복한 밤과 그날 밤을 구분 지을 수 있는 것은 아무것도 없었다.

중사는 사람 같지 않은 형태로 동그랗게 몸을 만 채 자고 있었다. 그를 깨우러 온 사람들이 촛불을 켜서 병 주둥이에 꽂았을 때, 그 불분명한 덩어리로부터 분간할 수 있는 것은 군화밖에 없었다. 징과 쇠붙이가 달린 큰 군화, 일용 노동자나 하역 인부의 장화 같은 군화.

그는 그렇게 작업 도구를 신었고, 사실상 몸에 걸친 모든 것이 그런 도구들이었다. 온통 탄띠, 권총, 가죽 멜빵, 요대 같은 것들뿐이었다. 안장과 마구를 갖춘 밭 가는 말처럼 도구 일체를 지고 있었다. 모로코의 깊숙한 지하실에서는 눈을 가린 말이 끌어 돌리는 연자방아를 볼 수 있다. 이곳에서도 연자방아를 돌릴 눈 가린 말 한 마리를 흔들리는 불그스름한 촛불 빛 속에서 깨우고 있었다.

"이봐! 중사!"

그는 잠에 취한 얼굴로 알아들을 수 없는 말을 하면서 천천히 몸을 뒤척였다. 그러나 전혀 일어나고 싶지 않은 듯 벽 쪽으로 돌아누우며 엄마 배 속인 양, 깊은 물속인 양, 깊은 잠 속으로 다시 빠져들었다. 정체 모를 검은 해초를 잡듯 주먹을 쥐었다 폈다 하면서. 그의 손가락을 풀어 줘야 했다. 우리는 침대 위에 걸터앉았고, 그중 한 사람이 팔을 조심스럽게 목덜미 쪽으로 넣고 미소 지으며 그의 무거운 머리를 들어 올렸다. 마치 외양간의 따뜻한 온기 속에서 서로 목을 부비는 온화한 말들 같았다.

"여어, 동지!"

내 평생 이보다 더 다정한 모습은 본 적이 없었다. 중사는 다이너마이트, 피로, 싸늘한 밤이 있는 우리의 세계를 거부하고 다시 행복한 잠 속으로 돌아가려는 마지막 시도를 했다. 하지만 너무 늦었다. 외부의 무언가가 그를 압박하고 있었다. 벌 받은 아이가 일요일에 울리는 학교 종소리에 잠을 깨듯이. 그 아이는 책상, 까만 칠판, 벌로 받은 숙제도 잊고 있었다. 아이는 헛되이 들판에서 노는 꿈을 꾸고 있었다. 그러나 종은 어김없이 울리고, 인간의 부당함 속으로 아이를 무정하게 다시 데려다 놓는다. 그 아이처럼 중사도 피로에 찌든 자기의 육체, 자신도 원치 않는 그 육체를 다시 조금씩 책임지기 시작했다. 그의 몸은 추위 속에서 깨어나 즉시 뼈마디가 쑤시는 고통을 느끼고, 곧이어 마구의 무게를 느끼고, 그다음은 육중한 걸음걸이를 느끼고, 그다음에는 죽음을 느끼게 될 것이다. 죽음 자체보다 다시 일어서기 위해 손에 적셔야만 할 그 끈끈한 피, 그 끊어질 듯한 호흡, 주변을 감싸는 그 냉기, 또 죽어 갈 때의 그 불편함을 알게 될 육체였다. 나 역시 그를 보면서 내가 잠에서 깼을 때 느꼈던 침통함을 생각했다. 다시 시작되는 갈증과 태양과 모래, 다시 시작되는 삶, 우리가 선택하지 않은 꿈인 그 삶을 생각했다.

이제 중사는 저기 서 있고, 우리의 눈을 똑바로 바라보며 이렇게 말한다.

"때가 된 건가?"

바로 여기에서 인간이 나타난다. 바로 여기에서 인간은 논리의 예상을 피해 간다. 중사가 미소를 지었다! 저렇게 웃는 이유는 도대체 뭘까? 나는 파리에서 보낸 어느 날 밤이 떠오른다. 그날 밤 메르모즈와 나는 무슨 기념일이었는지는 기억나지 않지만 몇몇 친구들과 함께 술을 마셨다. 너무 많이 말하고 진탕 마시고 쓸데없이 지친 우리는 새벽녘에 술집 입구에서 바람을 쐬었다. 이미 하늘이 밝아 오던 그때, 메르모즈가 갑자기 내 팔을 움켜잡았다.

너무 세게 잡아서 그의 손톱이 느껴질 정도였다.

"있잖아, 다카르에서는 이 시간쯤이면……."

그 시간은 정비공들이 눈을 부비며 프로펠러의 덮개를 벗기고, 조종사가 기상 예보를 체크하고, 대지가 전우들로만 북적거리는 시간이었다. 벌써 하늘은 물들고, 벌써 사람들은 다른 어떤 이들을 위한 파티를 준비하고, 우리는 절대 참석하지 못할 연회의 식탁보를 펼치고 있을 터였다. 그렇게 다른 어떤 이들은 위험을 무릅쓰고 있었다…….

"여긴 얼마나 더러운지……."

메르모즈는 그렇게 말을 마쳤다.

그래서 중사 자네는 어떤 연회에 초대받았나? 그 연회는 죽음을 무릅쓸 가치가 있었나?

나는 이미 자네의 속내 이야기를 알고 있네. 자네는 내게 자네 이야기를 해 주었지. 자네는 바르셀로나 어딘가에서 시답지 않은 경리 일을 하고 있었어. 조국의 분열에는 크게 신경 쓰지 않고 그저 숫자나 맞추며. 그런데 동료 한 명이 입대를 했고, 또 한 명, 그 다음에 또 한 명이 군대에 들어갔지. 그리고 자네는 놀라울 정도로 이상한 변화를 경험했어. 자네의 관심사들이 조금씩 무의미하게 느껴졌던 거지. 자네의 즐거움, 걱정, 소박한 안락함, 그 모든 것이 전혀 다른 시대의 이야기가 된 거야. 그런 것들은 이제 하나도 중요하지 않았지. 결국 세 친구 중 하나가 말라가 근처에서 전사했다는 소식을 들었어. 자네가 복수를 꿈꿀 만한 절친한 친구도 아니었고, 정치 역시 자네를 동요시킨 적이 없었는데도 자네들의 좁은 운명 위로 그 소식이 바닷바람처럼 날아든 그날 아침, 한 친구가 자넬 쳐다보며 이렇게 말했지.

"우리도 갈까?"

"가자."

그래서 자네들은 그곳에 '갔다'.

내게 몇 가지 모습이 스쳐 지나가네. 자네가 말로 표현하지는 못했지만 분명히 자네를 지배했던 진리를 설명해 줄 모습들이.

야생 오리가 철이 되어 이동할 때, 그들의 서식지에 이상한 물결이 인다네. 집오리들이 커다란 삼각형을 이루며 날아가는 야생 오리들의 모습에 매료되어 서투른 날갯짓을 시작하는 것이지. 야생의 부름이 집오리들 내면의 야성적 속성을 일깨운 듯이 말이야. 농가의 오리가 잠시나마 철새로 변하고, 늪과 벌레와 사육장같이 비천한 것들만 맴돌던 그 작고 딱딱한 머릿속에 이제는 광활한 대륙, 먼바다에서 불어오는 바람의 맛 그리고 바다의 지리가 자리 잡게 되지. 제 머리가 그렇게 경이로운 것들을 담을 만큼 원대하다는 것을 몰랐던 집오리는 이제 날개를 퍼덕거리면서 모이와 벌레 따위는 아랑곳하지 않고 야생 오리가 되고 싶어 한다네.

하지만 내게 더 강렬하게 떠오른 영상은 가젤이야. 난 쥐비에서 가젤을 키웠지. 그곳에서는 우리 모두가 가젤을 키웠어. 우리는 야외에서 철망으로 된 우리에 가젤을 가두어 두었지. 왜냐하면 그들에게는 바람과 흐르는 물이 필요한 데다 그 어떤 것도 가젤만큼 허약하지 않기 때문이야. 그래도 어릴 때 잡힌 가젤들은 살아 남아서 당신 손으로 먹이는 풀을 먹고 자라게 되지. 쓰다듬어도 가만히 있고, 축축한 콧잔등을 당신의 손바닥에 파묻기도 해. 그 래서 사람들은 가젤이 길들여졌다고 생각하지. 그들의 기운을 소 리 없이 앗아 가 가장 부드럽게 죽음에 이르게 하는 미지의 고통 으로부터 지켜 줬다고도 생각해. 하지만 언젠가는 가젤이 그 작은 뿔로 사막을 향해 울타리를 들이받는 것을 보는 날이 온다네. 스 스로 자석이 된 것이지. 녀석들은 자신이 도망치려고 한다는 사실 조차 모른다네. 사람이 우유를 가져다주면 그것을 마시러 오니까. 쓰다듬으면 가만히 있는 것도 여전하고 손바닥에도 더 다정하게 콧잔등을 비비대고……. 그러나 녀석들을 풀어 주면 바로 행복하 게 뛰노는 척하다가 어느새 철망에 가 있어. 사람이 가서 떼어 놓 지 않으면 녀석들은 거기에 계속 남아 울타리와 싸우려고도 하지 않고 그저 목을 구부린 채 그 작은 뿔로 죽을 때까지 밀어 댈 뿐이 지. 발정기라서 그러는 걸까? 아니면 숨이 가쁠 정도로 뛰놀고 싶 은 단순한 욕구 때문에? 그건 가젤들도 몰라. 사람들이 당신들에 게 녀석들을 잡아다 줬을 때, 녀석들은 눈도 채 뜨지 못했지. 따라 서 사막의 자유도 알지 못했어. 수컷의 냄새도 마찬가지였고. 그 러나 당신들은 녀석들보다 똑똑하다. 녀석들이 뭘 원하는지 당신 은 알고 있지. 그건 바로 녀석들을 완성시키는 광활한 공간이야. 녀석들은 가젤이 되어 가젤의 춤을 추고 싶은 거야. 사막 여기저 기서 불꽃이 새어 나오기라도 하는 듯 껑충껑충 뛰기도 하면서 시 속 130킬로미터로 똑바로 도망치고 싶은 것이지. 자칼도 문제없어. 스스로를 넘어서 가장 높이 곡예를 하게 만드는 두려움을 맛보는 것이 가젤들의 진실이라면! 사자도 대수롭지 않아. 태양 아래 날카로운 발톱에 찢겨지는 것이 녀석들의 진실이라면 말이야! 당신은 녀석들을 바라보며 향수에 젖어 있다고 생각하겠지. 향수, 그것은 알지 못할 그 무언가를 원하는 것……. 그 욕망의 대상은 존재한다네. 절대 말로 표현할 수 없을 뿐.

그렇다면 우리는, 우리는 무엇이 그리운 걸까?

중사, 자네는 여기서 무엇을 발견할 것인가? 무엇이 자네에게 더 이상 운명을 거스를 수 없다는 느낌을 주었나? 잠든 자네의 머리를 들어 올린 형제의 팔이었을까? 아니면 동정 대신 공감만이 어린 그 다정한 미소?

"여어! 동지……."

동정한다는 것은 여전히 둘이고 여전히 나뉘어 있다는 뜻이지. 그러나 고마움도 연민도 의미를 잃는 관계의 높은 경지가 있어. 사람들은 바로 거기에서 석방된 죄수처럼 숨을 쉰다네.

우리는 이러한 일체감을 느껴 본 적이 있어. 비행기 두 대가 한 팀이 되어 그때까지만 해도 점령되지 않았던 리오데오로를 건넜을 때였지. 나는 조난자가 자신을 구해 준 이에게 고맙다고 하는 것을 들어본 적이 없어. 오히려 우편물 행낭을 다른 비행기로 힘들게 옮겨 싣는 동안 서로 욕을 해 대는 일이 많았지.

"망할 놈! 내 비행기가 고장 난 건 다 네 탓이야. 역풍 한가운데서 고도 2,000으로 비행한 네 고집 때문이라고! 더 낮게 날 따라

왔다면 우리는 벌써 포르에티엔에 도착했을걸!"

그러면 목숨을 내걸었던 상대방은 망할 놈이 되어 수치심을 느끼게 되지. 하긴 우리가 대체 무엇 때문에 그에게 감사하다고 하겠는가? 그 역시 우리 목숨에 대한 권리가 있는데. 우리는 한 나무에서 뻗어 나온 가지들이었던 거야. 그래서 나는 나를 구해 줬던 자네가 자랑스러웠다네!

죽음을 위해 자네를 준비시킨 이가 왜 자네를 동정하겠는가? 자네들은 서로를 위해 위험을 무릅썼는데. 사람들은 그 순간에 더 이상 말이 필요 없는 일체감을 느끼지. 나는 자네가 떠나온 이유를 이해했네. 바르셀로나에서의 자네는 가난했고, 일이 끝나고 나면 혼자가 되었고, 자기 몸 하나 뉘일 곳이 없었다면, 이곳에서 자네는 자신을 완성시키는 느낌을 경험했고, 보편적인 것에 합류하게 되었던 거야. 천덕꾸러기였던 자네가 사랑으로 받아들여진 거지.

나는 자네 마음에 씨를 뿌린 정치가들의 거창한 말들이 진심이었는지, 논리적이었는지 여부에는 전혀 관심이 없네. 씨앗들이 싹을 틔우듯 그 말들이 자네에게 영향을 주었다면, 그것은 그 말이 자네의 욕구를 충족시켰기 때문이지. 자네만이 판단할 수 있네. 밀을 알아볼 줄 아는 것은 바로 대지이니까.

3

외부에 존재하는 공동의 목표로 형제와 이어질 때에야 비로소 우리는 숨을 쉰다. 그리고 경험은 사랑한다는 것이 서로를 바라보는 것이 아니라 함께 같은 방향을 바라보는 것임을 우리에게 알려준다. 서로가 다시 만날 정상을 향해 하나의 밧줄로 연결되어 있을 때에야 비로소 동료라 할 수 있다. 그렇지 않다면 이런 안락의 시대에, 왜 우리는 사막에서 마지막 비상식량을 나눠 먹으면서 그토록 충만한 기쁨을 느끼겠는가? 이것에 관한 사회학자들의 예측이 무슨 가치가 있는가? 우리들 중 사하라에서 구조되어 커다란 기쁨을 느껴 본 모든 이들에게 다른 즐거움은 다 하찮아 보일 뿐이다.

어쩌면 바로 그 때문에 오늘날 우리 주변의 세상이 무너지기 시작한 건지도 모른다. 모두가 이러한 충만감을 약속하는 종교에 열광한다. 모두가 저마다 반대되는 말로 똑같은 열정을 표현한다. 우리는 우리의 이성적 사유의 결과물인 방법에 대해서는 의견이 분분하다. 그러나 목적에 관해서는 그렇지 않다. 목적은 동일하기 때문이다.

그렇다면 이제는 놀라지 말자. 내면에 잠들어 있는 미지의 인물을 상상조차 하지 않았던 사람이 바르셀로나에 있는 무정부주의자의 지하실에서 희생, 상호 협동, 정의의 준엄한 모습을 목격하고 내면의 낯선 이가 깨어나는 것을 느끼게 되면 그 사람은 그때부터 단 하나의 진리만을 알게 될 것이다. 다름 아닌 무정부주의자들의 진리를. 스페인의 수녀원에서 겁에 질려 무릎을 꿇고 있는 어린 수녀들을 보호하기 위해 한 번이라도 보초를 서 본 사람은 교회를 위해 죽을 수도 있다.

메르모즈가 가슴속에 승리감을 안고 칠레 안데스산맥의 비탈을 향해 돌진했을 때 그에게 틀렸다고, 상인의 편지 하나에는 그의 목숨을 걸 가치가 없노라고 반대를 했더라면 메르모즈는 당신을 비웃었을 것이다. 진리란 그가 안데스산맥을 지날 때 그의 내면에서 태어난 그 인간이다.

만약 당신이 전쟁을 거부하지 않는 이에게 전쟁의 참혹함을 납득시키고 싶다면, 절대 그를 야만적이라고 여겨서는 안 된다. 그를 판단하기에 앞서 이해하려고 노력해야 한다.

리프 전투 당시, 반군 지역에 있는 두 산맥의 모퉁이에 위치한 전초 기지를 지휘했던 남부 출신 장교를 생각해 보라. 어느 날 저녁, 그는 서쪽 산맥에서 내려온 휴전 교섭단을 맞았다. 그들이 늘 그랬듯 차를 마시고 있을 때 총격이 발생했다. 동쪽 산맥의 부족들이 기지를 공격한 것이다. 전투를 위해 교섭단을 내보내려던 대위에게 교섭단은 이렇게 말했다.

"우리는 오늘 당신의 손님이오. 우리가 당신을 버리는 것을 신이 허락하지 않소……."

그리하여 그들은 대위의 부하들과 합류해 기지를 구하고는 자신들의 요새로 다시 올라갔다.

그러나 이번에는 그들이 대위를 공격할 준비를 했고, 그 전날 대위에게 사절을 보내 이렇게 말했다.

"저번에는 우리가 당신을 도와주었소……."

"그랬소만……."

"우리는 당신을 위해 총탄을 300발이나 썼소."

"그것도 맞소."

"그러니 그것을 우리에게 돌려주는 것이 당연할 것이오."

대위는 신사였다. 그들의 고결함에서 이득을 취할 수는 없었다. 대위는 그들에게 총탄을 돌려주었다. 자신을 향해 사용될 총탄을.

인간에게 진리란 자신을 인간답게 하는 것이다. 품격 있는 관계, 떳떳한 승부, 목숨을 건 상호 존중을 경험한 이가 자신이 겪은 그 고귀함을 선동꾼의 가치 없는 친절과 비교할 때에, 즉 아랍인들의 어깨를 툭 치며 유대감을 과시하고 그들을 치켜세움과 동시에 모욕하기도 하는 그런 친절과 비교할 때에, 만약 당신이 그에게 반박하더라도 그 사람은 당신에게 약간의 경멸이 섞인 연민만을 느낄 것이다. 그리고 그의 행동은 일리가 있다.

하지만 당신이 전쟁을 증오하는 것도 일리는 있다.

인간과 인간의 욕구를 이해하려면, 인간의 본질을 통해 인간을 이해하려면, 당신들의 진리를 위한 증거를 서로 대립시켜서는 안 된다. 그래, 당신이 옳다. 당신들 모두가 옳다. 논리가 모든 것을 증명한다. 심지어 세상의 모든 불행을 꼽추의 탓으로 돌리는 이조차도 옳다. 만약 우리가 꼽추들에게 전쟁을 선포한다면, 우리는 재빨리 사기를 진작시키는 법을 깨우칠 것이다. 꼽추들이 저지른 범죄를 응징하자고 외칠 것이다. 꼽추들도 분명 범죄를 저지르기는 할 테니까.

이 본질적인 것을 끌어내려고 한다면, 잠시라도 분열을 잊어야 한다. 분열을 인정하는 순간, 한 권의 코란만큼이나 완고한 진리들과 거기에서 파생되는 맹신이 생겨난다. 사람들은 좌익과 우익으로, 꼽추와 꼽추가 아닌 사람들로, 파시스트와 민주주의자로 나눌 수 있다. 그리고 이러한 구분에는 이론의 여지가 없다. 하지만 진리는, 당신도 알다시피, 세상을 단순화시키는 것이지 혼돈을 초래하는 것이 아니다. 진리란 보편성을 이끌어 내는 언어이다. 뉴턴은 수수께끼를 풀듯 오랫동안 감추어져 있던 법칙을 '발견'한 것이 아니다. 뉴턴이 한 것은 창조이다. 풀밭에 사과가 떨어지는 것과 해가 뜨는 것을 동시에 설명할 수 있는 인간의 언어를 만들어 낸 것이다. 진리란 절대 증명되는 것이 아니다. 단순화하는 것이다.

이데올로기를 논해 봤자 무슨 소용이 있는가? 모든 이데올로기가 증명되고 서로 대립한다면, 그러한 논쟁은 인간의 구원을 좌절시킬 뿐이다. 우리 주변 어디에서나 인간이 같은 욕구를 표출하는 한 말이다.

우리는 해방되고 싶다. 곡괭이질을 하는 사람은 자신이 하는 곡괭이질의 의미를 알고 싶어 한다. 도형수의 곡괭이질은 탄광 개척자의 곡괭이질과 전혀 다르다. 도형수의 곡괭이질은 그를 창피하게 만들지만 탄광 개척자의 곡괭이질은 그를 고귀하게 만든다. 곡괭이질 때문에 그곳이 도형장이 되는 게 아니다. 물질적인 혐오감 같은 건 없다. 진짜 도형장은 의미 없는 곡괭이질을 하는 곳, 곡괭이질을 하는 사람이 인간 공동체에 연결되지 않는 곳이다.

우리는 도형장에서 탈출하기를 원한다.

유럽에선 2억 명의 사람들이 아무 의미 없이 살면서 다시 태어나고 싶어 한다. 산업이 그들에게서 농업적 혈통을 앗아 가고, 검은 차량이 달린 기차들로 가득 찬 조차장 같은 거대한 게토에 가두어 버렸다. 그들은 노동자 주택 단지 밑바닥에서 깨어나고 싶어 한다.

온갖 업무의 톱니바퀴 속에 끼어 선구자의 기쁨, 종교의 기쁨, 지식인의 기쁨을 금지당한 채 사는 이들도 있다. 그들을 고귀하게 만들기 위해서는 그들을 입히고, 먹이고, 욕구를 채워 주기만 하면 된다고 믿기도 했다. 그래서 그들의 마음속에 쿠르틀린*의 희곡에 나오는 소시민, 마을의 정치가, 내면세계에는 무감각한 기술자가 뿌리내리게 된 것이다. 그들은 교육은 잘 받을지 몰라도 교양까지 쌓지는 못한다. 교양을 쌓는 것이 공식을 잘 암기하는 데 달려 있다고 생각하는 이는 문화에 대해 보잘것없는 식견을 가지게 된다. 전문학교의 열등생이 데카르트나 파스칼보다 자연과 자연법칙에 대해서 더 많이 알 수도 있다. 하지만 과연 사유의 과정도 그럴까?

느끼는 정도는 저마다 차이가 있지만 사람들은 모두 다시 태어나고 싶다는 욕망을 느낀다. 그런데 그 욕망에 대한 해결책은 우리를 혼란스럽게 한다. 물론 사람들에게 군복을 입혀서 생기 있게 만들 수도 있다. 그러면 그들은 군가를 부르며 동료끼리 빵을 나

---

* 조르주 쿠르틀린(1858~1929), 풍자적 내용의 단막극을 주로 쓴 프랑스의 극작가이자 소설가.

뉘 먹을 것이다. 그들이 원했던 보편성의 맛을 찾아낼 것이다. 그러나 그들에게 제공된 빵으로 인해 그들은 죽을 것이다.

그럭저럭 제 역할을 했던 오래된 신화를 되살릴 수도, 나무로 된 우상을 땅에서 파낼 수도, 범게르만주의나 로마 제국의 절대 숭배를 부활시킬 수도 있다. 독일인들로 하여금 독일인인 것에, 베토벤과 같은 나라 사람이라는 도취감에 취하도록 만들 수도 있다. 심지어 허드레꾼까지도 그런 것에 도취시킬 수 있다. 그 일꾼에게서 베토벤을 이끌어내는 것보다는 분명 쉬울 것이다.

하지만 이러한 우상들은 사람을 잡아먹는다. 지식의 진보나 질병의 치료를 위해 죽는 이들은 죽음으로써 생명을 섬긴다. 영토 확장을 위해 죽는 것도 어쩌면 멋진 일일 수 있다. 하지만 오늘날의 전쟁은 전쟁이 이롭게 한다고 주장할 수 있는 것까지도 파괴해 버린다. 이제는 인종 전체를 살리기 위해 약간의 피를 희생하는 문제가 아니다. 비행기와 화학 무기를 전쟁에 쓰기 시작하면서부터 전쟁은 선혈이 낭자한 외과 수술에 지나지 않게 되었다. 각자가 시멘트 방공호 뒤에 숨은 채, 어쩔 수 없이 밤마다 비행 중대를 보내 상대의 배 속에 폭격을 퍼붓고 심장부를 날려 버리고 생산과 교역을 마비시킨다. 승리는 가장 마지막에 썩는 자의 것이다. 그렇게 두 적수는 함께 썩어 간다.

사막이 되어 버린 세상에서 우리는 전우들을 다시 만나기를 갈망했다. 전우들끼리 쪼개 먹었던 빵의 맛이 우리로 하여금 전쟁의 가치를 받아들이게 했다. 하지만 같은 목적을 향해 질주하는 옆

사람 어깨의 열기를 느끼기 위해 전쟁을 할 필요는 없다. 전쟁은 우리를 속인다. 증오는 열광적인 경주에 하나도 보탬이 되지 않는다.

왜 우리는 서로 증오하는가? 우리는 같은 별에 실려 가는 한 배를 탄 선원으로서 굳게 결속되어 있다. 새로운 통합을 이루기 위해 문명들이 대립하는 것은 좋다. 그러나 문명이 서로를 잡아먹는 것은 흉측한 일이다.

우리를 해방시키기 위해서는 서로를 결합해 주는 목적을 깨닫도록 서로 돕는 것만으로도 충분하기 때문이다. 우리를 하나가 되게 하는 바로 그곳에서 그 목적을 찾기만 하면 된다. 의사는 회진을 돌 때 진찰하는 환자의 하소연을 듣는 것이 아니다. 그 환자를 통해 그가 치유하려고 하는 것은 다름 아닌 인간이다. 의사는 보편적인 언어를 구사한다. 물리학자가 원자와 성운을 동시에 이해할 수 있게 하는 거의 신적인 방정식을 생각해 낼 때도 마찬가지이다. 순박한 목동도 마찬가지이다. 별 아래 양 몇 마리를 조용히 지키는 그도 자신의 역할을 깨닫기만 한다면 자신이 단순한 하인 이상임을 알게 된다. 그는 파수꾼이다. 그리고 모든 파수꾼들은 온 제국을 지킬 책임을 지고 있다.

당신은 이 목동이 그런 깨달음을 원치 않는다고 생각하는가? 나는 마드리드 전선에 있었을 때 참호에서 500미터 정도 떨어진 언덕 위 나지막한 돌담 뒤에 있는 학교에 간 적이 있다. 하사 하나가 거기서 식물학을 가르치고 있었다. 그는 개양귀비의 약한 부분을 손으로 뜯어내 보이면서 수염이 덥수룩한 순례자들을 끌어들이고 있었다. 병사들은 진흙탕에서 빠져나와 포탄에도 아랑곳하지 않고 순례 행렬처럼 떼 지어 하사가 있는 쪽으로 올라갔다. 하사 곁에 모인 그들은 책상다리를 하고 앉아 턱을 괸 채 그의 이야기를 들었다. 눈썹을 찌푸리기도 하고 이를 악물기도 했지만 수업을 거의 이해하지 못했다. 그러나 그들은 이런 이야기를 들은 적이 있었다.

"야만인들 같으니라고, 이제 막 굴속에서 빠져나온 것 같구먼! 인간답게들 살게!"

그래서 그들은 무거운 발걸음을 재촉해 인간성을 되찾으러 온 것이다.

아무리 눈에 띄지 않는 역할이라도 우리가 자신의 역할을 깨달을 때, 그때야 비로소 우리는 행복해질 것이다. 그때야 비로소 우리는 평온하게 살고 평온하게 죽을 수 있다. 삶에 의미를 주는 것은 죽음에도 의미를 주니까.

죽음이 자연스러운 수순대로 찾아올 때는 그렇게 달콤할 수가 없다. 프로방스의 늙은 농부가 임종을 맞이하면서 자식들에게 자신의 염소, 올리브 나무를 맡길 때처럼 말이다. 그 자식들은 또 자기 자식들에게, 대대로 그것을 물려줄 것이다. 이렇게 농부의 가계에서 죽음은 단지 절반의 죽음일 뿐이다. 각각의 존재들은 제 차례가 되면 콩깍지처럼 터져 제 씨앗을 내놓는다.

한번은 농부 세 명이 그들 어머니의 임종을 지키는 모습을 가까이서 본 적이 있다. 물론 그것은 고통스러운 일이다. 두 번째로 탯줄이 끊기고 있었다. 두 번째로 한 세대와 다른 세대를 연결해 주는 매듭이 풀어지고 있었다. 세 아들은 홀로 남겨져 모든 걸 새롭게 배워야 할 처지가 됐음을 깨달았다. 명절에 모여 앉을 단란한 식탁도, 모두가 함께 만날 중심축도 없이. 하지만 나는 그 단절을 통해서 두 번째 삶이 주어진다는 것 또한 알 수 있었다. 그 아들들 역시 행렬의 선두가 될 것이고, 모임의 중심점이 되고, 가장이 될 것이다. 그들도 역시 차례가 되면 마당에서 놀던 어린 자식들에게 그 지휘권을 다시 넘겨줄 것이다.

나는 그들의 어머니를 바라보았다. 평온하면서도 굳은 표정에 입을 앙다문 늙은 농촌 여자를. 돌로 된 가면같이 바뀐 그녀의 얼굴을. 그 얼굴에서 아들들의 모습이 보였다. 그 가면은 아들들의 가면을 찍어내는 데 쓰였다. 그 몸은 그들의 몸을, 그 멋진 인간의 견본을 만들어 내는 데 쓰였다. 그리고 이제 그녀는 과일 알맹이를 빼낸 껍질처럼 부스러진 채 누워 있었다. 그녀의 아들딸들도 제 차례가 오면 자신들의 육신으로 아이들을 찍어 낼 것이다. 그렇게 농가에서 사람들은 죽지 않는다. 어머니가 돌아가셨다. 어머니여, 영원을 누리시길.

마음이 아프다. 당연하다. 그러나 이 혈통의 모습은 너무도 자연스럽다. 백발의 아름다운 허물을 가는 길에 하나씩 하나씩 내려놓으며, 무엇인지 모를 진리를 향해 걸어가며 변신을 거듭하니 말이다.

그 때문이었을까, 그날 저녁 작은 마을에 울려 퍼지던 부음을 알리는 종소리가 내게는 절망이 아니라 은은하고 부드러운 환희를 실은 것처럼 들렸다. 같은 목소리로 장례와 세례를 축하하는 그 종소리는 다시 한 번 한 세대와 다른 세대의 전환을 알리고 있었다. 그래서 사람들은 가여운 늙은 여인과 대지의 결합을 축복하는 노랫소리를 들으며 거대한 평화를 느꼈던 것이다.

느리게 자라는 나무처럼 이렇게 대대로 전해지는 것은 생명이기도 했지만 깨달음이기도 했다. 이 얼마나 신비로운 상승인가! 녹아내리는 용암에서, 별의 반죽에서, 기적적으로 싹튼 살아 있는 세포에서 우리는 태어났다. 그러고는 조금씩 자라나 칸타타를 작곡하고 은하수의 무게를 가늠하기에 이르렀다.

그 어머니는 아들들에게 생명만 물려준 것이 아니었다. 그들에게 언어를 가르쳤고, 수 세기 동안 서서히 쌓여 온 지식, 그녀 자신도 물려받아 맡아 두었던 정신적 유산 그리고 뉴턴이나 셰익스피어를 동굴 속 짐승과 구별 짓는 차이점이라 할 수 있는 전통, 개념, 신화들을 물려준 것이다.

우리가 배고픔에서 느끼는 것. 스페인 군인들이 빗발치는 총알을 뚫고 식물학 수업을 향해 가게 만들고, 메르모즈를 남대서양으로 내몰고, 또 다른 이는 시를 쓰게 만드는 그 배고픔에서 느끼는 것. 그것은 창세기가 아직 끝나지 않았으며, 그러므로 우리는 자신과 우주에 대해 깨달아야 한다는 점이다. 우리는 어둠 속에서 가교를 놓아야 한다. 자신들이 이기주의라고 생각하는 무관심을 지혜로 삼는 이들만이 그 사실을 모른다. 그러나 모든 것이 그들의 지혜를 부정한다! 동료여, 내 동료들이여, 나는 자네들을 증인으로 세우고자 한다. 우리는 언제 행복하다고 느꼈던가?

4

이렇게 이 책의 마지막 장을 쓰려니 그 늙은 관리들이 생각난다. 처음으로 우편 수송기를 몰았던 새벽에 우리를 배웅해 준 관리들이. 우리는 운 좋게 조종사로 지명되어 인간으로 탈바꿈할 채비를 하고 있었을 때였다. 관리들은 우리와 비슷해 보였지만 자신들의 허기를 조금도 알지 못했다.

너무도 많은 사람들이 잠든 채 살아간다.

몇 해 전 기나긴 기차 여행을 하던 중, 나는 문득 사흘이나 갇혀 있었던 그 움직이는 나라, 파도에 구르는 자갈 소리의 포로가 된 채 갇혀 있었던 그 기차를 둘러보고 싶어졌다. 그래서 나는 일어섰다. 새벽 1시쯤 기차 안을 처음부터 끝까지 걸었다. 침대칸은 비어 있었다. 1등칸도 비어 있었다.

그러나 3등칸에는 프랑스에서 해고되어 고국 폴란드로 돌아가는 수백 명의 폴란드 노동자들이 타고 있었다. 나는 그들 몸을 성큼성큼 뛰어넘으며 통로를 거슬러 올라갔다. 그러다 멈춰 선 채 바라보았다. 야등 아래 선 내 눈에, 병영이나 파출소 냄새를 풍기는 그 널따란 내무반처럼 생긴 칸막이 없는 차량 안에서, 이 특급 열차의 움직임에 휘저어지고 뒤엉킨 민중이 보였다. 그들은 안 좋은 생각에 잠긴 채 다시 비참한 생활로 돌아가고 있었다. 빡빡 민 커다란 머리통들이 나무 좌석 위에서 흔들거리고 있었다. 남자, 여자, 아이 할 것 없이 모두가 망각 속에서 자신들을 위협하는 그 모든 소음, 그 모든 흔들림에 공격당하듯 이리저리 몸을 뒤척이고 있었다. 그들은 곤히 잘 수 있는 호사조차 누리지 못했다.

내 눈에는 이들이 인간의 품격을 반쯤 상실한 것처럼 보였다. 경제의 기류에 따라 이 유럽에서 저 유럽으로 휩쓸리다가, 제라늄 화분 세 개가 놓인 작은 정원이 딸린 프랑스 북부의 조그마한 집마저 빼앗긴 그들이었다. 예전에 나는 폴란드 광부의 집 창가에서 그런 제라늄 화분을 본 적이 있었다. 대충 묶어 창자처럼 터져 나온 보따리 안에는 겨우 챙겨 온 주방 도구, 이불, 커튼 같은 것들만 있을 뿐이었다. 그들이 아끼고 소중히 했던 모든 것, 프랑스에서 지내는 4, 5년 동안 길들이는 데 성공했던 고양이, 개, 제라늄 같은 것들은 모두 포기해야만 했고, 겨우 부엌세간들만 챙긴 것이다.

한 아기가 어미의 젖을 빨고 있었다. 그 어미는 너무 지쳐서 잠든 것처럼 보였다. 이 부조리하고 무질서한 여정 속에서도 생명은 전해지고 있었다. 난 아이의 아비를 바라보았다. 돌처럼 무겁고 반들반들한 머리에, 작업복에 갇힌 채 불편한 잠 속에 구겨져 있는 몸이 울퉁불퉁했다. 마치 진흙 덩어리 같았다. 이처럼 밤이면 더 이상 형체를 유지하지 못하는 잔해들이 객실 좌석 위에 무겁게 놓여 있었다. 나는 생각했다. 문제는 이 비참함, 이 더러움, 이 추함에 있는 것이 아니라고. 바로 이 남자와 이 여자가 어느 날 서로를 알게 되었고, 남자가 여자를 향해 웃었을 것이다. 남자는 일이 끝난 후 여자에게 꽃을 주었을 것이다. 수줍고 서투른 남자는 아마도 거절당할까 봐 떨었을 것이다. 그러나 여자는 자신의 매력을 자신하며 타고난 애교로 부러 남자를 걱정시키며 즐겼을지도 모른다. 이제 곡괭이질이나 망치질을 하는 기계로 전락해 버린 남자는 마음속으로 즐거운 불안을 느꼈을 것이다. 알 수 없는 것은 그들이 이제 진흙 덩어리가 되어 버렸다는 점이다. 대체 어떤 끔찍한 틀을 거쳤기에 마치 금형 기계에 찍힌 듯 자국이 난 것일까? 늙은 동물들도 여전히 기품을 지닌다. 그런데 왜 진흙으로 빚은 아름다운 인간은 이토록 망가지고 마는 걸까?

그래서 나는 그 군중들 사이로 여행을 이어 나갔다. 그들의 잠은 매음굴처럼 무질서했다. 거칠게 코고는 소리, 웅얼웅얼하는 신음 소리, 한쪽이 불편해 다른 쪽으로 돌아눕는 이들의 장화가 긁히는 소리들이 모호하게 그곳을 떠다녔다. 파도에 구르는 자갈 소리는 끊이지 않고 잔잔하게 반주를 맞추고 있었다.

나는 어떤 부부 앞에 앉았다. 남자와 여자 사이에 아이가 겨우 비집고 잠들어 있었다. 아이가 잠결에 뒤척였을 때, 그의 얼굴이 등불에 드러났다. 아! 얼마나 사랑스러운 얼굴인가! 저 부부로부터 이런 황금빛 열매 같은 아이가 태어났다니, 저 무거운 누더기 더미에서 이토록 매력적이고 우아한 걸작이 태어났다니. 나는 그 매끈한 이마, 뾰로통하게 내민 부드러운 입술 위로 몸을 숙이며 생각했다. 이건 음악가의 얼굴이야. 여기 어린 모차르트가 있구나. 여기 생명의 아름다운 약속이 있구나. 그는 전설 속에 등장하는 어린 왕자들과 다를 바가 하나도 없었다. 보호해 주고, 사랑해 주고, 교양을 가르친다면 이 아이가 무엇인들 못 되겠는가! 정원에 돌연변이로 어떤 새로운 장미가 피어나면 모든 정원사들은 흥분을 감추지 못한다. 그 장미를 따로 떼어 내어 가꾸며 특별히 정성을 쏟는다. 그러나 인간을 위한 정원사는 어디에도 없다. 어린 모차르트도 다른 이들처럼 금형 기계에 찍힐 테지. 그리고 모차르트는 악취가 나는 라이브 카페에서 썩어빠진 음악을 최고의 기쁨으로 여기게 될 것이다. 그러면 모차르트도 죽은 것과 다름없다.

나는 다시 내 열차 칸으로 돌아왔다. 나는 생각했다. 저 사람들은 자신의 운명을 좀처럼 괴로워하지 않는다. 내 마음이 괴로운 것은 절대 저들을 동정해서가 아니다. 영원히 벌어져 있는 상처를 동정해서 그런 것이 아니다. 저들은 그 상처를 느끼지 못한다. 여기서 상처받고 피해 입은 것은 개인이 아니라 인류이다. 나는 연민의 존재를 거의 믿지 않는다. 나를 괴롭게 하는 것은 정원사의 관점이다. 나를 괴롭게 하는 것은 사람들이 나태에 안주하듯 결국 안주해 버린 이 비참함이 아니다. 동방의 후손들은 지저분하고 누추한 곳에 살면서도 그것을 기꺼워한다. 무료 급식도 나의 괴로움을 치유해 주지 못한다. 나를 괴롭게 하는 것은 울퉁불퉁한 저 사람들도, 저 추함도 아니다. 나를 괴롭게 하는 것은 각자의 내면에서 살해당한 모차르트이다.

* * *

오직 정신만이, 진흙에 숨결을 불어넣어 인간을 만들 수 있다.

인간의 가능성에 대한 가장 아름다운 산문

사람들은 자신의 가능성을 활짝 꽃피우는 꿈을 예찬한다. 그러나 꿈을 이루기 위해 목숨을 걸어야 한다면 끝까지 자신의 의지를 관철할 사람이 얼마나 될까? 어린 시절 비행장 옆에 머물렀던 여름 방학 이후 줄곧 비행의 꿈을 간직했고, 결국 젊은 조종사가 되어 수없이 목숨을 건 비행에 나선 것도 모자라, 중년에 접어들어 몸이 쇠약해진 뒤에도 끈질기게 도전하다 끝내 공중에서 사라진 사람, 프랑스의 대작가 앙투안 드 생텍쥐페리의 이야기이다.

1900년에 태어나 1944년 비행하던 중 실종되기까지 생텍쥐페리는 조종사라는 직업을 통해 얻은 경험들이 고스란히 반영된 작품을 여러 권 펴냈다. 그가 초현실주의와 허무주의를 멀리하고 인간의 행동에서 존재 의의와 가치를 구하고자 했던 행동주의 문학을 대표하는 작가로 꼽히는 이유다. 그의 글쓰기는 뛰어난 소설적 구성을 도모하는 것보다는 자신의 직업적 일화와 그 과정에서 얻은 정신적 성취 그리고 동료애와 인간애를 담아내는 데 집중했다. 길지 않은 생애 동안 제1, 2차 세계대전을 모두 겪었고 극심한 이데올로기의 충돌이 불러일으킨 여파에 휩쓸리면서도 생텍쥐페리는 정치사상과 이념이 아닌 자기 초월적 행동을 통한 개인의 완성을 추구했다. 행동주의 문학은 인간의 모호한 내면세계나 사변적 추론에서 벗어나 인간을 '밖'에서 바라보려고 시도했다. 생텍쥐페리는 마치 생물학자가 현미경을 사용하듯 비행기 창문을 통해 하늘에서 인간을 내려다보며 '거대한 우주 속 인간'이라는 외부의 시야를 확보했다. 그러나 이로부터 허무를 느끼는 대신 인간을 우주적 미아로 만들지 않는 구심력이 어디에서 오는가를 탐구했고 이를 타인과의 관계, 인류의 상호 책임과 연대감 속에서 발견했다.

작가의 체험을 바탕으로 한 문학 작품 중에서도 걸작으로 꼽히는 이 책은 1939년 프랑스에서는 『인간의 대지 Terre des hommes』, 같은 해 미국에서는 『바람과 모래와 별들 Wind, Sand and Stars』이라는 각각 다른 제목으로 출간되었다. 생텍쥐페리가 겪은 수많은 일화 중에서도 각별한 의미를 지닌 일들을 집약적으로 모아 낸 작품으로 그의 생애와 가치관을 직접적으로 보여 준다는 데 커다란 의의가 있다. 출간 당시 아카데미 프랑세즈상과 미국 국립도서상을 수상했고, 미국과 프랑스 대중들의 열광적인 사랑을 받으며 작가에게 세계적인 명성을 안겨 주기도 했다. 나치 점령 시기의 피폐해진 대중들에게 이 책이 인본주의적 감수성을 재발견하고 인간의 존엄성을 되찾으려는 노력을 고무시켰으리란 것을 어렵지 않게 짐작할 수 있다.

애초에 이 책은 그가 여러 곳에 기고했던 짧은 산문들을 본 앙드레 지드가 그에게 자전적인 글들을 모아 장편으로 출간해 보라고 권유하면서 시작된 작품이라고 한다. 극적인 플롯으로 재현된 사막에서의 생존기로 인해 이 작품을 소설로 분류하는 경우도 있지만, 실은 작가의 자전적 에세이라고 보는 게 더 맞다. 이 책에서 조종사라는 직업과 그로 말미암은 특별한 일화들은 강렬하지만 그보다 더 인상적인 것은 거듭되는 플래시백 사이사이에 펼쳐지는 생텍쥐페리의 휴머니즘 가득한 존재에 대한 사유이다. 프랑스판 원제를 따른 기존 국내번역서들과 달리 이번에 『네 안에 살해된 어린 모차르트가 있다』라는 다른 뉘앙스의 제목을 선택한 이유는 이 책이 생텍쥐페리의 세 번째 소설이라는 단조로운 수사에서 벗어나 우리 독자들에게 좀 더 널리 읽히길 바라는 의도에서 비롯되었다.

생텍쥐페리는 비행기 조종사로서 체험한 사건들을 단순히 나열한 것이 아니라 서로 유기적으로 연결하여 절제된 하나의 이야기로 완성했다. 때로는 자신이 전하고자 하는 생각을 부연하기 위해 기억을 끌어오는 방식으로, 때로는 사유의 꼬리를 물고 문득 기억이 떠오른 듯한 방식으로 전개되는 이야기는 그의 삶을 직접적으로 드러낸다.

1926년 라테코에르 항공 회사에 조종사로 취직한 생텍쥐페리는 그곳에서 5년간 일하면서 생애를 통틀어 가장 만족스러운 시기를 보낸다. 그가 자신의 운명으로 받아들였던 당시의 직업적 체험들은 그의 첫 장편소설 『남방 우편기』(1929)와 페미나상을 수상하며 작가로서 본격적으로 이름을 알리게 된 소설 『야간 비행』(1931)에 그대로 녹아들었다. 또한 몇 번이나 극한 상황에 처하고 스스로를 시험에 빠뜨렸던 이 시기의 놀라운 경험과 깨달음과 동료애는 『네 안에 살해된 어린 모차르트가 있다』의 가장 핵심적인 밑바탕이 된다.

1930년대에 그는 작가적 성공과는 별개로 찾아온 재정적 어려움과 항공사들의 파벌 싸움 등으로 다소 변칙적이고 불안정한 생활을 이어 가는데, 그 와중에 심각한 추락 사고를 여러 번 겪는다. 특히 1935년 12월 그의 비행기는 이륙한 지 4시간 만에 리비아 사막에서 산산조각이 났고, 생텍쥐페리는 추락 이후 18시간이나 지난 뒤 기적적으로 살아 돌아온다. 바로 그때의 경험이 이 책에서 가장 소설적이고 긴박감을 자아내는 절정 부분을 이루게 된다.

이후 그는 신문사의 특파원으로 스페인 내전 전선과 러시아 등지로 파견되는데, 당시의 경험이 이 책의 마지막 장에 구현된다. 이 책이 쓰인 곳은 프랑스가 아니라 미국이었다. 파시즘의 광풍이 유럽 대륙을 휩쓸던 때 뉴욕으로 건너간 생텍쥐페리는 그곳에서 또 한 번 극심한 추락 사고를 겪고, 몸을 회복하는 동안 이 책을 썼다. 또 다시 죽음의 고비를 넘기고도 그는 진정한 인간의 삶이란 결코 안락함과 안전함 속에 있지 않다고 열렬히 주장했던 것이다.

당시 비행기 조종사는 언제 죽어도 이상하지 않을 정도로 매우 위험한 직업이었지만 비행을 나갈 때마다 그는 단 한 번도 설레지 않은 적이 없었다. 비행기와 사막과 별이 그의 친구였다. 그는 사람들이 오직 필요에 의해 수천 번 지나온 흔적으로나 존재하는 길에 한정된 삶, 우물과 샘으로 비유되는 의식주에 얽매인 삶에서 벗어나 하늘에서 바라본 지구, 우주에서 바라본 인간을 목격한 사람이었다. 비행기에 오른 그는 사람들이 얼마나 대지의 진정한 모습을 모르고 있었는지, 얼마나 수평적으로만 세상을 바라보았는지 깨달았던 것이다. 그는 하늘에서 드문드문 보이는 지상의 등불들에게서 살아 숨 쉬는 인간들을 느끼고 그들의 운명을 고민했다.

생텍쥐페리가 소중히 여겼던 삶의 가치는 일에 대한 열정, 투철한 직업 정신, 타인에 대한 존경과 감탄, 그리고 우정, 동료애, 연대감으로 나타나는 인간관계였다. 이 작품에는 동료인 여러 조종사와 엔지니어들이 등장하는데, 생텍쥐페리는 그들에게 끊임없이 존경을 표하고 찬사를 아끼지 않는다. 고난과 역경 속에서 동료들과 함께한 비행과 추억은 그의 모든 작품에서 중요한 제재가 된다.

210

이 작품의 헌정 대상이기도 한 기요메는 최고의 조종사였다. 그는 첫 비행을 앞두고 설렘으로 잠 못 이루는 생텍쥐페리에게 조언을 아끼지 않았다. 그는 안데스산맥 상공에서 비행기가 산에 충돌해 조난당했다가 1주일 만에 극적으로 구조되어 동료들의 품으로 무사히 귀환했는데, 이 사건은 생텍쥐페리에게도 큰 영감을 주었다. 생텍쥐페리는 기적적으로 살아 돌아온 기요메를 통해 인간의 의지에 대한 믿음을 갖게 되었다.

또 한 명의 절친한 동료이자 멘토인 메르모즈는 매우 성실하고 자기가 하는 일에 대한 신념이 확고했다. 그는 기요메와 함께 안데스산맥 항로를 개척했으며, 수상비행기인 라테코에르 300 기종으로 세계 최초로 남대서양 횡단에 성공했다. 이후 비행에서도 수차례 죽을 고비를 넘겼지만 결국은 자신이 개척한 그 항로에서 실종되었다. 그는 실제로 항공 탐험으로 큰 명성을 얻었던 인물로, 생텍쥐페리는 그가 실종된 후 그에 대한 기사를 연재하기도 했다.

또한 비행사로서 세계를 돌아다니며 마주친 다양한 사람들을 통해 그가 직업 상 동료에 한정되지 않는, 범인류와의 연대감을 어떻게 깨달았는지 알 수 있다. 그는 이 땅의 실체를 누구보다 잘 알고 있다고 자부하는 조종사이면서도 우연히 만난 낯선 소녀들이 자연의 신비에 더 가까이 있음을 인정하고, 정원사와 노예에게서 인간의 고귀함을 발견한다. 한 농촌 여자의 죽음에서 그가 보는 것은 대를 이어 깨달음을 전함으로써 진리를 향해 걸어가는 인간의 역사이다. 리비아 사막에서 생텍쥐페리와 프레보를 발견하고 아무 말 없이 물을 건네준 베두인은 그가 생각한 인류애가 무엇인지 단적으로 보여 주는 예이기도 하다. 이 대목에서 생텍쥐페리는 가족과 동료라는 직접적인 인간관계를 넘어서 개개인과 인류라는 관계에서 발생하는 무한한 연대감을 표현한다.

"우리를 구해 준 리비아의 베두인이여, 그럼에도 당신은 내 기억에서 영원히 지워질 것이다. 나는 당신 얼굴을 결코 기억하지 못할 것이다. 당신은 내게 '인간'이고, 그렇기에 모든 인간의 얼굴을 동시에 하고 나타난다."

작가의 명성과 탁월한 작품성에 비해 이 책은 아쉽게도 한국 대중들에게 많이 알려진 작품은 아니다. 그러나 이 책은 생텍쥐페리의 대표작이자 지금도 전 세계적으로 가장 사랑받는 고전 『어린 왕자』(1943)가 어떻게 탄생하게 되었는지 그 단초를 엿볼 수 있는 작품이다. 사막에 불시착한 조종사라는 선명한 이미지의 연결 외에도 『어린 왕자』에 등장하는 어른들의 모습과 이와 상반되는 어린 왕자의 천진한 사색과 대답은 이 책 『네 안에 살해된 어린 모차르트가 있다』에서 물질문명의 발달에 따른 인간의 불안과 무력감을 묘사한 부분과 그에 대한 생텍쥐페리의 대답과 닮아 있다. 전 세계인들을 사로잡은 환상적이고도 철학적인 동화가 전달하는 남다른 울림의 근원은 결국 작가의 삶을 차츰 이해하는 과정 속에서 명확해진다. 최근까지도 미스터리로 남았던 생텍쥐페리의 죽음과 어린 왕자의 마지막이 꼭 닮아 있듯이 말이다.

이 책 『네 안에 살해된 어린 모차르트가 있다』에서 '모차르트'는 두 번 언급된다. 한 번은 포대에 싸인 아기를 보며 인간의 가능성을 찬탄하는 마지막 장이며, 또 한 번은 사막에서 문득 떠오른 기억 부분이다. 생텍쥐페리는 러시아에 있을 때 어느 공장에서 모차르트 음악이 연주되는 걸 듣고 이 일에 대한 글을 썼다가 크게 비난받았다고 한다. 이 일화는 한 송이의 장미를 무엇보다 소중히 여겼던 어린 왕자와 그를 이해하지 못하는 어른들을 떠올리게 한다. 또한 인간을 진정으로 고귀하게 만드는 것은 무엇인지 끊임없이 고뇌했던 생텍쥐페리를 떠올리며 우리 모두가 몰두하는 의식주보다 더 소중히 여길 무언가가 과연 우리 안에 있는지 되묻게 된다.

옮긴이 **송 아 리**

가톨릭대학교에서 불어불문학을 공부하고 이화여자대학교 통번역대학원 한불번역학과를 졸업한 뒤, 번역문학가로 활동하고 있다. 옮긴 책으로 『여덟 번의 시계 종소리』, 『요정의 세계1』, 『수리부엉이』, 『네 안에 살해된 어린 모차르트가 있다』 등이 있다.

〈〈앙투안 드 생텍쥐페리 연보〉〉

1900년 앙투안 드 생텍쥐페리는 6월 29일에 아버지 장 마리 드 생텍쥐페리 백작과 어머니 마리 부아이에 퐁스콜롱브 사이에서 태어난다. 리옹에 사는 이 부부는 연년생인 두 딸 마리 마들렌과 시몬을 위로 두고 앙투안을 셋째로 얻는다.

1903년 남동생 프랑수아가 태어난다.

1904년 여동생 가브리엘이 태어나고 아버지가 갑자기 죽는다.

생텍쥐페리는 교양 있고 감수성이 뛰어난 어머니와 친밀하게 지내며 영향을 많이 받는다. 그는 평생 동안 어머니와 많은 편지를 주고받는다.

1905년 외할아버지의 소유였던 몰르 성과 숙모 중의 하나가 갖고 있던 생모리스 드 르망 성을 오가며 어린 시절을 보낸다.

1909년 아버지의 고향인 르망에 정착해서 규율이 엄격한 노트르담 드 생트크루아 중학교에 다니게 된다. 그는 몽상적이고 집중을 잘 하지 않으며 무질서하다는 이유로 종종 벌을 받는다.

1910년 어머니는 그와 남동생을 아나이스 숙모와 마그리트 숙모에게 맡기고 생모리스 드 르망으로 돌아간다. 노트르담 드 생트크루아 중학교의 분위기는 여전히 우중충하다.

1912년 생모리스 드 르망에서 여름방학을 보낸다. 그는 동쪽으로 몇 킬로미터 떨어진 앙베리외 비행장에 매혹된다. 그래서 자전거를 타고 가서 몇 시간씩 머물면서 기술자들에게 비행기에 대해서 묻곤 한다. 어느 날 비행사 가브리엘 살베즈에게 어머니에게 허락을 받은 것처럼 이야기하여 베르토-브로블레프스키 비행기를 타게 된다. 생텍쥐페리에게 이 경험은 아주 감동적이어서 그 뒤로 평생 비행기에 대한 열정이 식지 않는다.

1914년 6월 작문 상을 받는다. 제1차 세계대전이 시작되자, 어머니는 앙베리외 역에 임시로 만든 병원의 수간호사로 지명된다. 그러자 어머니는 자식들을 모두 불러들인다.

10월 노트르담 드 몽그레 중학교로 옮긴다.

1915년 2월 그와 남동생은 르망의 노트르담 드 생트크루아 중학교로 돌아간다. 하지만 생텍쥐페리의 건강이 나빠져서 학기가 끝나기도 전에 집으로 돌아온다. 여름방학이 끝나고 두 형제는 스위스의 프리부르크에 있는 마리아회 수도사들의 중학교로 가게 된다.

1917년 바칼로레아(수학 능력 시험)를 통과한다.

하지만 남동생 프랑수아가 심장병 때문에 관절 류머티즘을 앓고 있어 우울한 날들이다. 프랑수아는 7월 말에 죽는다.

생텍쥐페리는 에콜나발(조선공학 전문 학교) 입학시험 준비를 위해 생루이 고등학교에 들어간다. 그랑제콜(대학교에 준하는 엘리트 교육기관) 중 하나인 에콜나발에 들어가기 위해서는 입시 준비반이 있는 엘리트 고등학교에 들어야 하기 때문이다.

1918년 봄에 생루이 고등학교 학생들이 라카날 고등학교로 대피한다. 루이즈 드 빌모랭과 알게 된다.

1919년 1월 수업은 생루이 고등학교에서 듣고 기숙 생활은 예수회 계통인 보쉬에 학교에서 하게 된다.

과학 분야 시험 성적은 좋았지만, 문과 분야는 그렇지 못해서 에콜나발에 입학하지 못한다. 그래서 국립미술학교의 건축 부문으로 들어가, 15개월 동안 청강생으로 수업을 듣는다.

1920년 어머니가 보내 주는 돈이 너무 적어서 사촌인 이본 드 레트랑주의 도움을 받는다. 친구인 앙리 드 세고뉴와 함께 장 노게스의 오페라 〈쿼바디스〉에 몇 주 동안 단역으로 출연하는 등 직접 약간의 용돈을 벌기도 한다.

1921년 봄에 공군에 입대해서 스트라스부르에서 군복무를 시작한다. 처음에는 정비소에 배정되었지만 비행사의 꿈을 포기하지 않는다. 저축을 해서 비행 관련 수업을 듣고 마침내 이중 조종으로 첫 비행을 하게 된다. 그런 다음 훈련을 20시간 더 받고 나서 혼자 비행기에 오른다.

첫 비행 때, 착륙 직후 비행기가 불타오른다. 이 심각한 사고로 그의 침착성과 자제력이 증명된다. 3개월 후, 그는 모로코의 카사블랑카에 있는 전투 부대 제37연대에 배속된다. 그곳에서 민간비행사 자격증을 취득한다.

1922년 1월 이스트르에서 예비 학사장교로 부임한다. 전투 조종사가 되고 하사로 승진한다.

10월 예비 소위로 승진하고, 부르제의 제34연대에 배속되기를 자원한다.

1923년 루이즈 드 빌모랭과 약혼한다.

봄에 부르제에서 처음으로 비행기 사고를 당하는데, 이때 뇌 골절상을 입는다. 이 사고로 동원 해제되지만, 그는 비레스 장군의 권고에 따라 다시 공군에 들어가려 한다. 그런데 약혼자 가족의 반대 때문에 소시에테제네랄의 자회사인 튈리 은행에 제조 검사원으로 취직해 사무실에서 일하며 지

216

루한 시간을 보낸다.

9월 약혼이 깨진다.

1924년 트럭을 제조하는 소레 공장의 판매원으로 일하게 되지만 1년 반 동안에 트럭을 1대밖에 팔지 못한다. 이 서글픈 시절에, 그는 가능한 한 자주 비행을 하면서 스스로를 위로한다.

1925년 사촌인 이본 드 레트랑주 집에서 〈은으로 된 선박〉이라는 잡지 편집장 장 프레보스트를 만난다. 그 뒤로 사촌 집에서 여러 작가들을 만날 기회를 가진다.

1926년 4월 잡지 〈은으로 된 선박〉에 단편 「비행사」를 발표한다.

소레 공장을 떠나 프랑스 항공 회사에 비행 교관 자리로 들어간다.

6월 누나 마리 마들렌이 결핵으로 죽는다.

생텍쥐페리가 기숙할 때 보쉬에 학교장이었던 쉬두르 신부가 항공 회사인 라테코에르의 베포 드 마시미 사장에게 생텍쥐페리를 소개시켜 준다.

10월 프랑스 남부의 툴루즈와 세네갈의 다카르를 오가는 라테코에르 우편기 비행사로 채용된다.

그 회사의 다른 비행사들처럼 그도 몇 달은 정비소에서 보내게 된다. 그리고 툴루즈-카사블랑카 노선, 그 뒤에는 카사블랑카-다카르 노선의 비행사가 된다.

1927년 10월 모로코 남부에 있는 쥐비 만 기착지의 총책으로 임명을 받는다. 바로 이 지역에서 기요메나 메르모즈 같은 항공 탐험 작가들을 만나 친구가 된다.

1928년 쥐비 만의 총책으로서 사막에서 고장이 나거나 무어인들 손에 붙잡힌 비행사들을 구하러 가는 일을 맡는다. 밤에는 단편 「남방 우편기

Courrier Sud」를 쓰며 시간을 보낸다.

1929년 파리로 돌아가 출판인 가스통 갈리마르에게 「남방 우편기」를 보여 준다. 가스통 갈리마르는 이 원고와 함께 다른 소설들도 계약을 하자고 한 다. 몇 달 뒤, 생텍쥐페리는 메르모즈, 기요메와 함께 남아메리카로 가서 새 로운 항공 노선 개설 가능성을 탐색한다.

10월 부에노스아이레스에 도착한 그는 아르헨티나의 항공 회사 아에로포 스탈의 고위직 간부가 되고, 부에노스아이레스와 칠레의 푼타아레나스를 잇는 항공 노선을 개설한다.

『남방 우편기』를 출간하고, 「야간 비행 *Vol de Nuit*」을 쓰기 시작한다.

1930년 쥐비 만에서 일하면서 민간 항공 분야에서 세운 혁혁한 공 덕분에 4월 7일 레지옹 도뇌르의 기사 훈장을 받는다.

6월 기요메는 안데스산맥을 22번째로 비행하던 중 눈을 동반한 폭풍으로 조난을 당한다. 생텍쥐페리는 5일간 수색 작업을 폈으나 찾지 못한다. 사고 가 난 지 1주일 만에 기요메는 산 채로 발견된다.

남아메리카를 순회하며 강연을 하던 벤자맹 크레미외가 아르헨티나 영사 겸 작가였던 고메스 카리요와 사별한 콘수엘로 순신 산도발을 소개시켜 준 다. 콘수엘로는 얼마 뒤 프랑스로 온다.

1931년 연초 두 달 간의 휴가 때 콘수엘로를 만나러 파리로 돌아온다.

3월 콘수엘로와 결혼한다.

3월 31일 아에로포스탈이 법정 관리에 들어간다. 디디에 도라는 개발 부장 자리를 포기하고, 생텍쥐페리는 그와의 의리를 지키기 위해 남아메리카로 돌아가기를 포기한다.

5월부터 12월 카사블랑카와 포르 에티엔(모리타니아) 노선의 야간 비행을 맡게 된다.

12월 앙드레 지드의 서문을 받은 『야간 비행』이 출간되어 페미나 상을 수상한 뒤, 어마어마한 성공을 거둔다. 하지만 그는 재정적으로 어려움을 겪는다.

1932년 수상 비행기 비행 자격증을 따고 프랑스의 마르세유와 알제리의 알제를 잇는 노선을 맡는다.

1933년 모든 항공 회사들이 에어 프랑스로 편입된다. 도라와 그 친구들에게 적대적인 기술자들은 생텍쥐페리가 그 회사에 들어가지 못하게 막는다. 그래서 라테코에르 건설 회사에서 시험 비행 비행사로 일한다.

생라파엘에서 수상 비행기 사고를 당한다.

1934년 4월 결국 에어 프랑스에 들어가서 연구와 여행 분야 강연을 담당한다. 인상된 임금 덕분에 재정적인 어려움을 해결한다.

7월 마르세유에서 베트남 사이공을 왕복으로 비행한다.

1935년 여행 기획자인 콩티, 기술자인 프레보와 함께 지중해 연안의 도시인 카사블랑카, 알제, 튀니스, 트리폴리, 벵가지, 카이로, 알렉산드리아, 다마스쿠, 베이루트, 이스탄불, 아테네 등지를 돌아다니며 강연을 한다.

12월 파리-사이공을 오가는 비행 시간을 단축하려고 시도한다.

12월 29일 23시에 이륙한 그의 비행기는 4시간 후 리비아 사막에서 산산조각이 난다. 생텍쥐페리는 사고가 난 뒤 18시간이 지나서 산 채로 발견된다.

1936년 파리로 돌아와 자신의 모험담을 〈랭트랑지장〉 신문에 발표한다. 그러고 나서 라디오에서 '사막에서의 불시착'이라는 제목으로 자신의 이야기를 녹음한다.

여름에는 〈랭트랑지장〉 신문사에서 생텍쥐페리를 스페인으로 보내 당시 벌어지던 내전에 관한 기사를 쓰게 한다.

12월 항공 탐험으로 큰 명성을 얻고 있던 메르모즈가 다카르와 브라질의 나탈 사이를 횡단하던 중 바다에서 실종된다.

생텍쥐페리는 언론에 메르모즈에 대한 기사를 연재하고, 라디오에는 보고 기사를 제공한다.

1937년 에어 프랑스를 위해 카사블랑카-톰부추-바마코-다카르-카사블 랑카 노선의 개설 가능성을 연구한다.

〈파리 수아르〉 신문사에서 그를 나치즘이 우세해지는 스페인과 독일에 다 녀오게 한다.

1938년 1월 미국 뉴욕으로 떠난다.

뉴욕에서 아르헨티나의 티에라델푸에고로 가는 항공 탐험을 시도하나 과 테말라에서 추락한다. 이 사고로 그는 뇌를 포함해서 7군데 골절을 입 고 5일 동안 혼수상태에 빠진다. 회복하는 동안, 「인간의 대지 *Terre des hommes*」를 쓴다.

1939년 2월 『인간의 대지』를 출간하고 이 책으로 아카데미 프랑세즈 대상 을 받는다. 영어 제목은 『바람과 모래와 별들 *Wind, Sand and Stars*』로 미국 국립도서상을 수상한다.

두 번째 독일 여행을 하면서 베를린의 육군 사관학교를 방문한다. 그는 여 기서 본 것들에 대해서 역겨움을 느끼면서 당시 히틀러 다음가는 실력자이 던 괴링의 초대를 거절하고 서둘러 파리로 돌아온다.

8월 26일 뉴욕에 체류하다가 프랑스의 르아브르 항으로 돌아온다.

9월 2일 전쟁이 공포된다.

9월 4일 툴루즈로 소환되어 비행 교관이 된다. 하지만 수차례의 사고로 인해 건강이 악화되어 전쟁 임무에 부적격하다고 판정을 받는다.

11월 3일 프랑스에서 창설된 뒤 알제로 옮겨 가는 2/33 정찰 그룹에 배속된다.

겨울에 「어린 왕자 *Le Petit Prince*」를 쓰기 시작한다.

1940년 독일과 프랑스 북부 아라스 지방의 정찰 비행을 하는 등 여러 차례 임무를 수행하며 무공훈장을 받게 된다.

6월 9일 전쟁에서의 마지막 임무를 수행한다.

8월 동원 해제된 그는 포르투갈의 리스본을 거쳐 미국으로 돌아가려 한다. 하지만 스페인은 그가 스페인 내전에 관해 썼던 기사들 때문에 스페인 영토를 지나가는 것을 금지한다.

11월 16일 결국 리스본에서 배를 타고 뉴욕에 가게 된다. 이때 영화감독인 르누아르와 함께 대서양을 횡단한다.

11월 27일 기요메가 지중해에서 격추된다.

1941년 뉴욕에 머물다가 캘리포니아로 가서 소설 「전시 조종사 *Pilote de guerre*」 집필을 시작한다.

1942년 2월 20일 『전시 조종사(미국판은 *Flight to Arras*)』를 출간한다. 이 소설은 미국에서 6개월 동안 베스트셀러 자리를 차지한다.

5월 캐나다로 가서 여러 차례 강연을 한다.

11월 〈뉴욕 타임스〉와 〈르 카나다 드 몽레알〉에 「모든 곳의 프랑스인들에게 보내는 공개서한 *An open letter to Frenchmen everywhere*」을 발표한다.

1943년 2월 「어느 인질에게 보내는 편지 *Lettre à un otage* −레옹 베르트에게 보낸 편지를 바탕으로 한 글」을 발표한다.

3월 15일 북아프리카 행 비행을 허락받게 된다.

미군의 지휘 하에 첫 번째 정찰 임무를 수행하고 난 다음 두 번째 임무 때 작은 사고가 발생하자, 이를 계기로 미국 당국은 35세가 나이 제한에 걸린다는 점을 빌미 삼아 그를 예비 인력으로 놔둔다.

4월 6일 『어린 왕자』를 출간한다.

나치에 의해 『전시 조종사』는 프랑스에서 금서가 된다.

1944년 그는 다시 임무를 얻으려고 간청한다. 결국 지중해 북부 코르시카에 있는 2/33 정찰 그룹에 다시 배속되는데, 임무는 5회를 넘기지 못한다는 조건을 단다.

6월 14일 첫 번째 임무를 수행한 뒤 제약 조건에도 불구하고 계속해서 임무를 맡는다.

상관들은 그의 안전을 위해서 노르망디 상륙 작전에 관한 기밀을 알려 주려 한다. 그러나 비밀을 말해 주기 하루 전날, 그는 아홉 번째 임무를 수행하러 떠난다.

7월 31일 생텍쥐페리는 프랑스의 그르노블과 안느시로 6시간을 비행할 수 있는 분량의 기름을 채우고 정찰 비행을 떠난다. 8시 45분에 이륙한 비행기는 14시 45분이 지나도록 돌아오지 않는다. 비행기는 격추된 것으로 추정된다. 하지만 지금까지도 그를 찾지 못하고 있다.

네 안에 살해된 어린 모차르트가 있다

초판 1쇄 2017년 11월 30일
지은이 앙투안 드 생텍쥐페리 | **옮긴이** 송아리
펴낸이 신형건 | **펴낸곳** (주)푸른책들 | **등록** 제321-2008-00155호
주소 서울특별시 서초구 양재천로7길 16 푸르니빌딩 (우)06754
전화 02-581-0334~5 | **팩스** 02-582-0648
이메일 prooni@prooni.com | **홈페이지** www.prooni.com
카페 cafe.naver.com/prbm | **블로그** blog.naver.com/proonibook
ISBN 978-89-6170-632-2 03860

＊잘못된 책은 구입한 곳에서 바꾸어 드립니다.
＊이 책 내용의 일부 또는 전부를 재사용하려면 반드시 (주)푸른책들의 서면 동의를 얻어야 합니다.

이 도서의 국립중앙도서관 출판시도서목록(CIP)은 서지정보유통지원시스템 홈페이지
(http://seoji.nl.go.kr)와 국가자료공동목록시스템(http://www.nl.go.kr/kolisnet)에서 이용하실 수
있습니다.(CIP제어번호: CIP2017026286)

f 에프 블로그 blog.naver.com/f_books